TRES AMIGOS

UN DESTINO

Angélica Jemio de Tarrico

En memoria de mi amado esposo,
Mario Torrico Bedregal,
fallecido en Septiembre 1ro del 2010

Y

Dedicado con todo mi amor
a mis adorados hijos:
Gloria, Roberto,
Nancy, Roxana y Guido

Que Dios Siempre Los Bendiga

Un minuto para reflexionar:

Este libro tiene como base principal la ficción, alternando con nombres propios de algunos lugares. Este segmento imaginativo fue escrito con la esperanza de describir circunstancias y consecuencias que arrastran a la juventud a vivir una vida de emociones fuertes y aventureras, a experimentar lo desconocido, ignorando los peligros que el destino depara. Ojalá esta narración imaginativa sirva de alguna orientación y logre evitar sufrimientos familiares.

Gracias,

La Autora

Capítulo 1

Después de tres meses de constantes viajes y escalas en diferentes países, por fin tuvieron la alegría de pisar la tierra que era parte de sus sueños, inquietudes y aspiraciones.

Esta historia se trata de tres amigos con iguales inquietudes y ambiciones, nacidos en Medellin, Colombia. Alejandro, Roberto y Daniel, eran estudiantes universitarios. Por las venas de Alejandro corría sangre aventurera que lo impulsaba a lo desconocido y difícil. Con la mente clara, el joven logro influenciar a sus amigos a desafiar al destino.

Antes de emprender cualquier propósito de importancia, ellos ya lo disfrutaban con la alegría de sus aspiraciones cumplidas, que para ellos era un triunfo bien conquistado. Hacía dos años que los chicos se propusieron visitar Sudamérica, y entre esos países tenían uno preferido, muy preferido por Alejandro. Aunque ignoraban hasta entonces la distancia y la inexperiencia de los jóvenes, el mayor motivo fue el entusiasmo y la emoción a lo desconocido que les inyectaba mayor ímpetu a realizar tan tremenda hazaña.

Comenzaron a planificar el viaje recurriendo a personas que conocían diferentes países Sudamericanos. Consultaron varios mapas, en fin, pensaron en toda posibilidad ventajosa y a la vez preparaban las mochilas y ropa especial para la ocasión. De estas actividades pasaron algunos meses preparando a su familia y reuniendo dinero para la empresa.

Llego el ansiado día de la partida y los tres jóvenes, con la alegría reflejada en sus rostros, salieron de casa, de su natal Medellín, acompañados de sus familiares. De ahí, con mochila a la espalda, se perdieron en la distancia como si se los hubiera tragado la noche. Hasta el cielo se obscureció ese momento al ver el llanto de las tres madres, que con pañuelos en alto y húmedos por sus lágrimas, despedían a sus hijos en un viaje tan incierto. Luego las señoras se sentaron a la vera del camino a conversar, recordando la niñez de sus hijos. Sin que ellas se dieran cuenta, se convirtieron en hombres dueños de sus actos.

Las madres se disponían a regresar al hogar. Una de las damas diviso a la distancia a un hombre que se acercaba por el camino que tomaron sus hijos. Decidieron esperarlo para preguntar por los muchachos. "Dime buen hombre, ¿viste a tres jóvenes que iban por el camino?" La respuesta no se hizo esperar, "si señora, parecían locos, cantaban, silbaban y reían. La alegría de esos chicos era contagiosa, pero señora, ya se cansaran, claro que ya se cansaran." El hombre siguió su camino.

Se despidieron las amigas, tomando diferentes rumbos, a pedir a su Dios protección para sus amados hijos. Oraban que los muchachos volvieran sanos y salvo al seno familiar.

Ahora volvamos a los viajeros. Daniel era el menor del grupo y muy mimado por su familia, acostumbrado a las comodidades de la ciudad, a la atención de sus hermanas, que le obedecían como a un rey. De ahora en adelante cambiara la situación del muchacho. La familia no se explicaba el motivo de su decisión. Tal vez quería demostrar rebeldía, fortaleza, independencia. Daniel, en ningún momento se dio cuenta de tan tremenda hazaña, pero la realidad de las cosas se encargó de advertirle. A pocas horas de caminar deseaba retornar a su casa a seguir disfrutando del calor familiar, pero su orgullo no le permitía tomar tal determinación. Si regresaba, ¿qué le dirían sus amigos? Se burlarían de él.

Alejandro y Roberto decían ser muchachos de fierro, con la fuerza de Hércules, como ellos mismos se autonombraban. Estos jóvenes tenían buenos sentimientos.

La principal inquietud de los muchachos era descubrir un lugar especial, pero ambicionado por mucha gente, que para llegar a conquistar tamaña maravilla, no importaba las dificultades de pasar por algunos países vecinos. Los estudiantes estaban conscientes que sus escalas no perjudicaría a sus semejantes, por los que sentían gran respeto y admiración; más si ellos eran personas mayores o mujeres.

Capítulo 2

Casi amanecía cuando se dieron cuenta que Daniel ya no podía caminar, quejándose de terribles dolores en las piernas. Se ocultó la luna y la obscuridad de la noche cubría el camino con su negro manto, como queriendo anunciar un precio alto por la osadía de los inexpertos jóvenes. Como una salvación, mirando a la distancia, divisaron luz en una casa, a la que se dirigieron y con suma delicadeza tocaron la puerta. No querían incomodar a los dueños por temor a ser rechazados, pero necesitaban un techo para que descansaran las adoloridas piernas de Daniel. Los chicos, con su respeto y educación, fueron atendidos como amigos.

Al día siguiente, el dueño de la vivienda los convido con un suculento desayuno y les explico la mejor forma de manejarse por esos lugares. José se llamaba el buen hombre y era dueño de inmensos cafetales y otras plantaciones. El aconsejo a los muchachos buscar la carretera troncal que los conduciría a la República del Ecuador. Antes deberían caminar muchos kilómetros, les decía, y cuando sientan sed que soliciten agua en cualquier casa porque aquí el agua no se le niega a nadie y que por la noche pidan posada con la delicadeza y respeto que lo hicieron aquí. Con mucho gusto los hospedaran. Los que vivimos en estos lugares somos buenos y sencillos, les decía José. Pero cuando ingresen a país ajeno, que procuren aprender las costumbres y de acuerdo a eso respeten sus leyes. "Disculpen que un desconocido les hable de esta manera. Quiero que con su comportamiento pongan en alto el nombre de Colombia. Los conocidos los respetaran y los otros desearan ser amigos de ustedes."

Hasta ese día nadie les hablo como Don José, a pesar de ser un desconocido les dio los mejores consejos, que les serviría en la vida.

Mientras conversaban los varones, la esposa del anfitrión preparaba una merienda para el camino. Cumplido el rol de madre y mujer Católica, como le enseñaron sus mayores, Doña María quedo con la conciencia tranquila.

Por ultimo les dijo Don José, "no quisiera pecar de entremetido, si ustedes no están huyendo de algo malo, llegaran bien a su destino y lograran sus propósitos; que les vaya bien y suerte en el camino." Cuando los muchachos voltearon para despedirse, les dijo: "Cuídense muchachos, cuando lleguen a la carretera hagan señales de transporte gratis, algún chofer los llevar sin preguntar nada."

Caminaron todo el día, ya casi se ocultaba el sol, hicieron una parada para descansar y comer lo que tan generosamente les preparo la Señora María. Antes de anochecer, continuaron la caminata hasta encontrar una casa para pasar la noche. Una familia hospitalaria les dio un cuarto con algunas desconfianzas, lastimando la sensibilidad de Daniel. El dueño de casa fue advertido por los agradecidos muchachos, que partirían con el alba, para aprovechar el frescor matinal. Se marcharon ante la escrutadora mirada de recelo de los dueños. Esa fue la primera advertencia de lo que les esperaba.

Pero el optimismo y la juventud de los viajeros compensaban los primeros tropiezos, haciendo más llevadera la situación.

Después de andar algunos días por fin encontraron la carretera troncal. Al llegar a ella, comprobaron que era el camino deseado, y se sentían como en una de las principales calles de Medellín. Recordando los consejos de Don José, esperaron hasta que pasara algún chofer de buen corazón, para que los transportara hasta cualquier ciudad o pueblo ecuatoriano.

Los jóvenes aseguraban salvar cualquier obstáculo por difícil que se les presente. La primera experiencia de dos semanas de caminata, les enseño perseverancia, a subir a la cima de las montañas y bajar de ellas por caminos rara vez transitados, cruzando ríos y riachuelos. En la ruta también existían pampas desoladas. Pensando que todo quedó atrás, ahora deseaban un lugar tranquilo para descansar. Después de respirar a pulmón lleno, recobrando fuerzas, se miraron entre ellos y lanzaron una carcajada mezcla de broma y sorpresa. Roberto fue el primero en recuperar el control y pensando en la realidad del momento les dijo: "Si nos vieran nuestros familiares, nos confundirían con malhechores, nos darían una paliza y nos meterían presos." Daniel intervino: "¿Y qué opinión tienes de nuestras novias?" Alejandro respondió: "No quiero ni pensar en ellas, se morirían de un sincope las pobrecitas." De entre los tres surgió una voz que dijo, "bueno muchachos, a afeitarse y ponerse presentables, de lo contrario nadie no permitiría poner un solo pie en su movilidad."

Pasaron la noche a orillas de un riachuelo esperando un carro salvador. Ya no les quedaba nada para desayunar. Desfallecientes, casi perdida la esperanza, rompió el silencio el ruido de un camión de carga y los tres muchachos saltaron al centro de la carretera, como movidos por un resorte y a una voz pidieron ayuda.

Una vez se acomodaron en el vehículo, que para suerte de ellos, hacia el recorrido a tierras ecuatorianas. Aunque hasta ese momento ellos ignoraban a donde se dirigían, lo que más querían era llegar a un sitio poblado. Guardando sepulcral silencio, los tres se preguntaban si no estarían de regreso a Colombia. Al fin se escuchó la pregunta esperada, "¿alguno de ustedes pensó en el siguiente paso?" Daniel respondió: "Sí, yo pienso tomar un buen baño, desayunar, descansar y dormir si fuera posible durante una semana." Roberto aprobó la moción del amigo. Alejandro, como jefe de grupo y responsable de los chicos, se comprometió con los padres de ellos, conducirlos sanos y salvos hasta Bolivia y cumpliría su palabra. El carro y la hora avanzaban juntos, a ellos les parecía que el tiempo se hubiera detenido, porque el hambre no les permitía pensar más que en comer y descansar. Con los sobresaltos del viaje no conciliaron el sueño. Con todo y eso recuperaron fuerzas, alegría y hasta deseos de bromear, cuando a lo lejos vieron las primeras casas de un pueblo.

Primero, se aseguraron que sus pies posaban en suelo Ecuatoriano. Los tres se tomaron las manos elevando la mirada al cielo, agradeciendo a Dios por haberlos protegido en tierra desconocida, tal vez plagada de ocultos peligros. Encontraron un alojamiento adecuado para ellos, hicieron lo que tenían pensado.

Al día siguiente se concretaron a visitar el pueblo. La primera impresión que recibieron fue muy favorable: lugar limpio, bonito, la única plaza acogedora llena de flores, los habitantes cariñosos, educados, alegres. Las mujeres vestían trajes diferentes a los que ellos conocían con un precioso y atractivo colorido. Pero lo que más sobresalía en su gente, era su bondad respeto y dulzura con sus semejantes, como es costumbre en todo pueblo tranquilo y de costumbres bien marcadas.

Las personas mayores todas las tardes tomaban posesión de sus banquetas preferidas. Dejaban pasar el tiempo conversando de sus años mozos y según ellos, distrayendo la mente en recuerdos que los transportaban a los años de su juventud, inyectándoles optimismo para sobrellevar la vejez.

Después de observarlos algunos días, los chicos Colombianos, con el merecido respeto, se dirigieron a ellos. Los caballeros, que ya todos peinaban canas, eran personas muy queridas y respetadas en el pueblo, conocidos como maestros y consejeros del lugar.

Los más locuaces eran Roberto y Alejandro. A los amigos les seguía la silenciosa mirada de Daniel. Se acercaron a los ancianos, según ellos maestros en conocimientos de historia sudamericana: "Caballeros, somos Alejandro, Roberto y Daniel. Seria para nosotros un gran honor estrechar sus manos y ustedes nos tomen en cuenta entre sus conocidos. Somos forasteros y tenemos mucho interés en conversar con ustedes." Los ancianos los miraron de pies a cabeza como queriendo adivinar sus intenciones, luego se detuvieron en los ojos de mirada limpia y profunda de los muchachos y los invitaron a sentarse en la banqueta para una mejor tertulia. Era confortable sentirse cómodamente sentados escuchando la conversación de los ancianos; respecto a

14

forasteros, conocidos suyos, sus anécdotas eran ejemplares y con mucho sentido del humor.

Esos encuentros y conversaciones, los chicos Colombianos las tuvieron durante tres semanas, tiempo en que aprendieron muchas cosas para la siguiente etapa de su viaje, que en los libros no había narración. Los ancianos les hablaron y enseñaron acerca de tesoros escondidos desde los tiempos incaicos. Les contaban de oro y plata guardados por los misioneros, indicando los países donde posiblemente se encontraban esas riquezas. Para los jóvenes era una maravillosa información. Tan fabulosa la idea del tesoro que les quitaba el sueño; ya se sentían dueños de tan codiciada fortuna que durante las noches les causaba un terrible insomnio. Se desvelaban haciendo planes para el reparto de tan inmensa riqueza. Solo Daniel se mostraba renuente a creer en dineros fáciles de obtener.

Con toda la información y consejos de los maestros de la plaza, se prepararon a continuar el viaje. Se impusieron la obligación de llegar a pie hasta el Perú. Ignoraban el tiempo que les tomaría hacer el recorrido. Con el afán de llegar al escondite de los tesoros, entre ellos el más importante "El Dorado," descuidaron prepararse para los obstáculos que les esperaban. El primero, la poca resistencia de Daniel, el joven acostumbrado a las comodidades de la ciudad, no imagino la distancia entre Ecuador y Perú.

Capítulo 3

Al amanecer de ese lunes dejaron el pueblo que los acogió con cariño. Tomaron la ruta indicada por los maestros de las banquetas, con las mochilas repletas de comestibles y agua. Casi no podían caminar como deseaban. Después de tres días de andar, pasando por toda clase de contratiempos, notaron que Daniel sentía dificultad y retrasaba su paso; el chico no era apto para esos trajines tan fuertes.

Alejandro y Roberto, al paso del amigo caminaron por varios días, soportando lluvias, lodazales, fríos invernales, cruzando ríos, subiendo y bajando montañas escarpadas. Donde había poca vegetación eran cubiertos por densas neblinas, salían de una para caer en otras, soportando tremendas granizadas, que gracias a la constante paciencia y fortaleza, supieron salir triunfantes de lugares tan tenebrosos. ¿Cómo pensar en regresar? Pues ya no se podía. Estaban envueltos en tremendo compromiso.

Debían seguir hasta encontrar un lugar habitado, ¿pero cuándo? Alejandro les pedía paciencia y resistencia para seguir su empeño. Un día les dijo: "Ya estamos envueltos en esta aventura y hagamos lo posible por salir con bien. Nadie nos obligó."

Los muchachos no se veían bien, ya no querían tesoros, solo deseaban llegar a un lugar habitado, tomar un buen baño, comer y dormir. Por fin se encontraron con unos arrieros, que seguían la misma dirección de los chicos, hombres de buen corazón, que se compadecieron

16

al verlos, aunque más de un arriero los miraba con desconfianza. Pero con todo y eso, tuvieron la bondad de acercarlos a un caserío, que quedaba cerca de su camino. Ahí los muchachos tropezaron con un problema que los lastimo hasta el alma. Los pocos pobladores los confundieron con malandrines, vagos, en fin, como si fueran unos malhechores. Los tildaron de los peor, porque el aspecto de los muchachos hacía suponer una conducta desordenada. Después de un breve examen, tomado por precaución, les dieron alojamiento y comida. Cuando los vieron presentables reconocieron su equivocación, disculpándose con el debido respeto que los forasteros merecían.

Durante la mañana del siguiente día, los lugareños procuraron hacerles más llevadera la estadía, enseñándoles el poco adelanto y forma de sobrevivir en esos apartados lugares. Los acompañaron unos tres kilómetros hasta la carretera. Tomaron un camión, que los conduciría a un pueblo bien urbanizado.

La suerte puso en el camino de los sufridos chicos un lugar que nunca olvidarían. Encontraron calor de hogar, consideración, afecto y hermandad. La gente joven deseaba llenar el vacío de sus compañeros de estudios, brindándoles lo mejor de su amistad.

El pueblo que los acogió, era como un oasis para los viajeros. Aunque conquistado con penurias, desalientos, por momentos disgustos entre ellos, la paciencia fue el mejor premio a su tenacidad y un triunfo conquistado con valor.

El Perú los cobijaba, para ellos todo era novedoso, cosa que los llenaba de satisfacción, alegría, y orgullo. Hasta Daniel, que se negaba a continuar en la aventura, olvido sus dolores e inclemencias del tiempo. Se mostraba muy conforme hasta con las soledades de las inmensas pampas cubiertas de barro.

Los amigos Peruanos les invitaron a visitar otros pueblos y ciudades importantes de su agenda; aunque ellos tenían grabado en la mente que sus viajes concluirían en la ciudad de La Paz, Bolivia. En compañía de sus amigos, fueron a conocer la interesante capital del Perú, ciudad de los Reyes Incas. Quedando asombrados de su belleza arquitectónica, allí pasaban de una sorpresa a otra. Los fines de semana compartían la alegría hasta con los desconocidos, primero con las danzas de Columbia, luego con unos valses y marineras de la tierra que visitaban. Con ese trato, los muchachos creían haber alcanzado las estrellas. Las chicas los trataban como a reyes y el sacrificado viaje no era en vano; la suerte fue generosa con ellos, consiguieron trabajos bien remunerados.

Transcurría el tiempo. Daniel ya molesto por la poca seriedad de sus amigos, se vio molesto y tuvo que recordarles que el descanso y las diversiones debían llegar a su fin y continuar el viaje. E l muchacho con energía los despabilo del sueño de ilusiones que los mantenía en las nubes y les dijo: "Óyeme Alejandro, tú te comprometiste hacerme llegar a Bolivia, allá vamos, o de lo contrario retorno a Colombia. Veo que las cosas no están marchando según tu compromiso."

Como sacudidos por una descarga eléctrica, despertaron de un maravilloso sueño, para reanudar el viaje. Aunque les ocasionaba tristeza dejar la ciudad, los nuevos amigos, alegrías y hasta novias, debían recordar que la finalidad de aquella aventura era llegar al país vecino.

Lima les gustaba muchísimo. Quedarse hubiera sido fabuloso, ser admirados por su valentía, de haber caminado por lugares desolados y peligrosos, soportando sed, hambre, y fríos invernales. Ahora la vida los premiaba con buenos amigos, sueldos, brindándoles la oportunidad para continuar. Sin apuros económicos, la tristeza los embargaba. Deseaban quedarse un tiempo más, pero no fue posible. La juventud y educación que adornaban sus personas, les renovaba sus energías, hasta culminar sus propósitos. Inclusive para atraer a las chicas que soñaban casarse y viajar con ellos, acompañándolos a conquistar el legendario tesoro escondido.

No les quedó más remedio que decir adiós a la atractiva Lima, ciudad de los Reyes Imperio de los Incas y su interesante historia.

Capítulo 4

Nuevamente prepararon mochilas, comida y ropa adecuada para el gélido invierno del altiplano boliviano. Sus amigos los despidieron augurándoles un triunfo completo y ellos caminaban lentos como si fueran a cumplir un compromiso ante la ley.

Un camión los dejo a muchos kilómetros de la frontera Peruana-Boliviana. Cuando Alejandro bajo de la movilidad, le recorrió el cuerpo algo inexplicable. Él pensó en un presentimiento, mezcla de ansiedad y miedo a su decisión. No dejaba traslucir sus temores.

Se arriesgaron hacer la travesía sin guía ni dirección. Caminaban las doce horas del día y por la noche pedían posada en cualquier choza. Lo hacían con señas, no podían comunicarse porque el idioma del lugar era desconocido. Los lugareños eran buenas personas y los alojaban por compasión al verlos con los calzados destrozados, sedientos ateridos de frio y con hambre. Para los muchachos comenzó el cambio de alimentación, pues, pasaban sin comer.

Al verlos en estado tan deprimente, los campesinos se compadecían de ellos. Los chichos con sus buenos modales, se ganaban el afecto de sus anfitriones porque donde llegaban enseñaban algo bueno de su país y los lugareños en recompensa a ese cariño les brindaban con gusto de lo que disponían. La gente era pobre, sufrida y conocían el dolor de ser incomprendidos por sus semejantes.

Tres Amigos, Un Destino

La caminata diaria, dejaba huellas en los jóvenes, llegando al extremo de parecer unos forajidos que rondaban los caminos con malas intenciones.

¿Esos estudiantes realmente tenían necesidad de conocer otros países? Tal vez ¿era un capricho, un reto a lo desconocido, alguna decepción amorosa o frustración? ¿Qué cosa los impulsaba a sufrir en esos parajes tan desolados en vez de disfrutar del calor de sus padres?

Hasta entonces desconocían lo que les esperaba al finalizar la aventura. No se les pasaba por la mente lo que el destino había preparado para ellos. Era imposible imaginarse. Los amigos concentrados en sus pensamientos no se dieron cuenta que llegaron a la cumbre del último cerro que protegía al lago. Con el cansancio de la caminata los muchachos andaban con la vista fija en el sendero, pero uno de ellos se percató de algo que estaban buscando y dijo: "Miren…Miren amigos." Al escuchar la exclamación los otros chicos levantaron la mirada, quedando maravillados al ver que frente a sus ojos, se extendía la obra más fabulosa creada por la naturaleza. Para los jóvenes era algo sublime encontrar tamaña maravilla en un lugar tan desolado.

Tenían diferentes opiniones. Uno creía que se trataba de una Bahía, el otro pensaba que era un inmenso rio o tal vez el cansancio les mostraba un espejismo. Alejandro rápidamente reviso un mapa que portaba y lanzo un grito de alegría, "el Titicaca, estamos contemplando el Lago Titicaca compañeros," y se abrazaron dando gracias al cielo por conducirlos con bien hasta el lugar, permitiéndoles contemplar tan tremenda hermosura.

A los amigos les llevo más de una hora disfrutar de un interminable espejo creado por los dioses. Se perdía la vista en la inmensidad donde las aguas se juntaban con el límpido cielo azul. Quedaron embelesados en la contemplación del lago. A la distancia se divisaban pequeños puntos que semejaban embarcaciones que realmente eran Islas, pero despertaba la curiosidad de los chicos. Ellos deseaban saber si alguna de esas Islas estaba habitada, pues tuvieron que quedarse con la duda. En tantas preguntas sin respuestas, no se dieron cuenta que las horas transcurrían, cuando lo hicieron ya finalizaba el día y pronto anochecería: "Caramba muchachos, como se nos fue el tiempo." Como tirados por una cuerda eléctrica, recordaron que debían continuar la caminata si deseaban llegar a orillas del lago y tocar sus aguas. Para pensar que no era un sueño el que estaban viviendo, Roberto dijo: "vamos a darnos prisa hermanos." Con tropezones y tumbos bajaron de la cima, sin buscar sendero, en su loca carrera no se percataron que en el sector crecía solamente paja brava y algunas matas con el nombre de Tola que servían de guarida a las lagartijas, dueñas y señoras de los cerros.

Al fin llegaron junto a las aguas. Ya no pudieron cumplir sus deseos, ya que era noche cerrada. Se conformaron con una frugal cena y preparase a descansar. Tampoco pudieron dormir. La noche era tan fría y ventosa, el viento y la paja brava parecía que entonaban canciones lúgubres que por momentos se les erizaban los cabellos escuchando aquella tétrica canción que parecía algún alma en pena en busca de paz, rondando por la rivera del lago sagrado.

Tres Amigos, Un Destino

Con la llegada del alba y los rayos del sol, se esfumaron los lamentos de los sufridos espíritus, que moraban en las profundidades de las frías aguas del lago para emerger nuevamente por las noches. A la vez la naturaleza se llevó a los vientos que con su ululato, helaban la sangre de los más valientes.

Con la seguridad de estar protegidos por el nuevo amanecer, se quedaron profundamente dormidos. Cuando sintieron la caricia de los rayos del sol, despertaron sobresaltados. Ante sus ojos se extendía majestuosa y resplandeciente masa de agua, que cautivo a los muchachos con su hermosura. Quedaron sorprendidos y embargados por la emoción, contemplando un lago navegable a ese nivel del mar.

Los tres sentían un cansancio desconocido. Era que la altura se presentaba con sus respectivos síntomas: dolores de cabeza, desordenes estomacales, falta de apetito, mareos. En fin malestares propicio del altiplano que afectan a los extranjeros, conocidos con el nombre de "Sorojchi", indisposiciones que les recordó los consejos de los ancianos Ecuatorianos. Alejandro, encargado de cuidar la salud de sus amigos, queriendo disimular la preocupación que desde hacía días se notaba en su rostro, dijo a sus compañeros: "Sentía lo ocurrido, pues, no me imaginaba tantos altibajos que empanaran nuestras buenas intenciones. Por momentos deseaba retornar a Colombia, pero tampoco quería darme por vencido. Tal vez procedí como un insensato, cosa que no me di cuenta. Ahora les pido paciencia, fortaleza y que no nos dejemos llevar por pensamientos erróneos. Cumplamos nuestros propósitos de alcanzar "El Dorado" y los demás tesoros escondidos."

Alejandro tenia metida hasta en la sangre la idea de descubrir tesoros escondidos, aunque en la condición de los viajeros no se vislumbraba nada positivo.

Buscando en su alrededor, encontraban solo pampa desértica, paja brava y soledad y con ella un silencio que lastimaba el corazón de los inexpertos muchachos. Solo el lago, sus frías y cristalinas aguas, semejaban una gran mesa preparada con manjares y deliciosos refrescos que los impulsaba a caminar más rápido. Cuando pensaban que ya lo tenían, este se alejaba más y más, porque era solo un espejismo que los atormentaba a consecuencia del hambre, sed y cansancio, que se apodero de los jóvenes estudiantes.

El sol y viento del altiplano, quemaba sus cuerpos como latigazos de fuego. Las aguas a esa hora reflejaban con mayor intensidad, cobrando caro la osadía de los inexpertos chicos, que con seguridad les pesaba en la conciencia haberse arrojado a tamaña empresa.

Caminaron todo el día, buscando un pueblo, caserío, algo habitable para descansar. En sus planes estaba pedir ayuda para cruzar el lago. En la otra orilla, verían lo que convenga hacer. No pensaron en los contratiempos que pudieran presentarse. Todos sus esfuerzos fueron vanos. Casi anochecía cuando encontraron refugio en un lugar más o menos aceptable, para pasar esa noche, según ellos, pero el destino dispuso otra cosa.

En tan tremenda situación, fueron presa fácil para el insomnio, para hacer más llevadera la noche. Roberto recordó un relato que escucho de un anciano Peruano.

Asegurando que era una narración pasada de generaciones ancestrales, que ahora está escrita en los libros de historia de la primera época, y dijo así: "Entre mi país y el vecino compartimos un lago navegable, que se llama Titicaca. Un día emergió de las profundidades del lago una pareja de incas, de nombres Manco Kapac y Mama Ocllo. El hombre llevaba en la mano derecha una vara de oro y pronunciando unas palabras en lengua desconocida y traducida al Español decía: "Donde se hunda esta vara, ordeno fundar mi imperio." Y la lanzo por los aires con toda su fuerza. La historia del anciano nos enseñó que la vara se hundió en el Cuzco Perú.

Capítulo 5

En la mañana del siguiente día, con el desaliento reflejado en los rostros, volvieron a la rutina, caminar y caminar. Pero la tenacidad premió el esfuerzo de los viajeros. Encontraron algunas casas dispersas, balsas de totora y gente amistosa que los acogieron con cariño y admiración, claro, todo a su manera. Con mucha formalidad y desconfianza a la vez, era natural, la vestimenta de los muchachos dejaba mucho que desear, desaliñados y sucios.

Aunque no perdían la secreta esperanza que esa buena gente los ayudarían a salir del apuro, mientras más transcurría el tiempo, los jóvenes perdían el atractivo del legendario Titicaca. Después de un reparador descanso, recibieron la mala noticia que ese día, ni los siguientes, podrían cruzar el lago.

Los lugareños no querían desafiar la furia de las aguas, ni de sus dioses. La obligada estadía de los chicos se les hizo interminable pero sacaron provecho para conocer mejor a la gente del campo. Los nativos conocedores del clima altiplánico, pronosticaron buen tiempo que les permitió seguir viaje. Con el obligado descanso, recuperaron fuerzas y energías para continuar en su empeño.

Aunque los tres días de espera se hicieron eternos, no tenían motivo de queja, porque Guillermo y Jaime, anfitriones de los estudiantes, los atendieron como a grandes adinerados turistas, personajes de mucha importancia. Comentando entre ellos que Colombianos eran buscadores de minas auríferas, aunque los

26

pescadores en ningún momento tuvieron ni demostraron interés en sus dineros.

Una mañana les llego la ansiada noticia que las aguas estaban en calma y podrían cruzar al frente, que ya era territorio Boliviano. Guillermo que regresaba del trabajo y tenía listo un bote, invito a sus amigos a sentarse en unas banquetas pequeñas casi cubiertos de peces. Ahí conocieron las bogas, kharachis, gran cantidad de hispí y otras variedades de peses, que aún se aferraban a la vida, brincando aquí, saltando allá. El dueño del bote acostumbrado a ese trabajo les dijo, sonriendo entre broma y broma, que los pescados deseaban saludarlos dándoles la bienvenida y también la despedida, aurándoles suerte en sus propósitos, por desafiar un clima tan inestable en esa época del año.

Los tres muchachos seguros y contentos por pisar la tierra soñada, motivo de sus esperanzas y fácil enriquecimiento, se emocionaron hasta derramar algunas lágrimas de alegría. No concebían la idea de haber logrado tamaña maravilla, que parecía un sueño de titanes, contra tres indefensos chicos, buscadores aventuras y ávidos por conocer otros países, costumbres, idiomas y el famoso "Dorado" que el destino les tenía reservado. Respirando con tranquilidad y confianza se imaginaban caminando por las calles de la ciudad de La Paz.

Que gran felicidad sentían al pensar que en cualquier momento se encontrarían en la ciudad de sus desvelos, aunque el destino de los jóvenes siempre estaría rodeado de dificultades y misterio que los envolvía como niebla mañanera.

Roberto y Daniel eran más sensatos. Asimilaban cada detalle que luego empleaban como una experiencia beneficiosa e inolvidable, pero creían haber perdido el encanto, la magia, la esencia de conocer el país que tanto los deslumbro al comienzo. Los dos muchachos extrañaban a su familia, les dolía y avergonzaba haber abandonado en Colombia algo más importante que los mayores tesoros del mundo, sus padres, su patria estudios y todo por acompañarlo a su amigo Alejandro. Era algo sin sentido para los dos chicos.

En cuanto estuvieron en el lugar indicado para continuar el viaje, Jaime se dirigió a su amigo Celestino, en Aymara, idioma nativo de los naturales, palabras que inquietaron a los viajeros. Pero el amigo Jaime, tradujo la conversación asegurándoles que cuidara de manera especial a los forasteros, porque eran gente de bien y buenos amigos. Para los altiplánicos era un honor ser amigos de extranjeros como ellos.

Ocho de la mañana de aquel día que Alejandro jamás olvidaría. Para Roberto y Daniel era indiferente, nada los emocionaba, solo querían llegar a su destino. Soñaban ver algo diferente a la rutina que los envolvió por tanto tiempo.

Inmediatamente hicieron los arreglos para proseguir viaje a La Paz. Dionisio abrió la marcha seguido de Tiburcio, luego iba Donato y custodiando a todos caminaba el dueño de los tres burritos. Las bestias tenían nombres de personas, pues era costumbre de los lugareños desde tiempos inmemoriales.

Tres Amigos, Un Destino

A cada uno de los viajeros Celestino le designo su animal, los chicos contentos de viajar montados aunque sea en burro. Se mostraban alegres, pero como a los treinta minutos de viaje, no soportaban el lento balanceo del caminar de los burros; eso era peor que hacerlo a pie. Roberto entre broma y broma dijo: "A este paso, no dudo que el siguiente invierno nos sorprenda en el camino." Daniel respondió: "Ni lo pienses muchacho o ¿quieres dejar tus huesos en estas soledades, aumentando tu alma a las animas del lago? Ahora comprendo el doloroso llanto de esos pobres espíritus, olvidados, mira cómo se me erizaron los cabellos al recordarlos." Alejandro, matizando con una broma, hablo muy en serio: "Si me ocurriera algo malo, júrenme que me llevaran a un campo santo. Por favor amigos, no me abandonen a mi suerte, o me volveré a morir de miedo y frio." Los viajeros les llego al corazón esas palabras tan significativas, preguntaron a Alejandro que sentía en su interior para expresarse de tal manera. El, que siempre fue tan valiente, que pocas veces cambiaba de concepto, desde ese momento, se notaba preocupación en sus amigos. Alejandro intuía algo que no quería decirles a sus compañeros, aunque tenía que sacar de su corazón aquel presentimiento que no lo dejaba en paz.

Estuvieron tan concentrados en otras cosas que no se dieron cuenta de la travesura de Dionisio, el burrito que cargaba a Alejandro. El muy picaron se había alejado del grupo con todo y jinete, en sorpresiva y loca carrera tumbo al hombre que cargaba. Desapareciendo tras enormes pedrones, al ser descubierto por Celestino y reintegrado al grupo, el inteligente burrito empezó a rebuznar echando patadas en señal de protesta. El dueño del animal dijo, "oh...ya sé, quiere tomar agua y descansar de su incomoda carga." Complacido en todos sus pedidos, el inteligente burro dio muestras de continuar trabajando, cosa que les llevo por varias horas más.

Llego el momento que Celestino esperaba. Los tres animales notablemente apresuraron el paso, pues era costumbre de advertirle al dueño que se acercaban a un caserío. Los jóvenes tuvieron que aceptar la inteligencia de los animalitos. Primero vieron casa dispersas. Cuanto más se acercaban veían que era un pequeño pueblo en construcción en plena pampa altiplánica, las casa edificadas con adobes o simplemente con barro y techo de paja, alumbrada con mecheros a kerosene, grasa de llama o borrego. Las viviendas muy sencillas, en la que resaltaba la pobreza, se notaba que los habitantes ignoraban el tesoro que poseían al alcance de sus manos. Estos consistían en ganado lanar, vacuno, porcino y grandes extensiones de tierras para cultivar y algo más valioso era el caudal de amor, consideración, respeto para sus semejantes y más. Aunque los forasteros no sabían leer, intuían los valores morales de las personas, los chicos no tuvieron que esforzarse en las costumbres que a diario les enseñarían a comprender y respetar a los lugareños que los cobijaban con tanto amor y confianza. Sin detenerse a pensar en la clase social, les ofrecían parte de lo poco que tenían, a lo que ellos correspondían con gratitud.

A las cinco de la tarde, arribaron a la pascana, por fin el acalambrado y adolorido cuerpo de los tres jóvenes gozaron de un merecido descanso. Allí les esperaba un amigo del dueño de los burros, Rafael. El muchacho era conocido entre sus amistades con el nombre de Rafito, relacionado con gente del altiplano y la ciudad de La Paz. Después de las presentaciones el dueño de casa los convido con una cena, que por cierto saborearon con avidez. Luego Rafito los invito visitar su querida comarca, invitación que los jóvenes aceptaron gustosos. Así tendrían la oportunidad de relacionarse con nuevos vecinos, especialmente ancianos y a la vez profundizar las costumbres y reglas de cada comarca. Por ejemplo en el caserío tenían una autoridad elegida por ellos, a la que le debían respeto, obediencia y devoción. Este nombramiento de responsabilidad lo ganaría el más anciano de la aldea y de limpia trayectoria.

La aldea constaba de unas cuarenta casas, más o menos, del mismo modelo. Rafito decía que eran pobres pero felices en su situación. Las mujeres eran sumisas, Señoras o solteras respondían a la conducción del hogar, cuidado de los animales, inclusive ayudando en las tareas del agro. La mujer altiplánica se destaca por ser muy laboriosa, ágil y buena madre.

Mientras los muchachos hacían la visita de cortesía, las señoras preparaban las camas con el esmero que los forasteros merecían porque a lo lejos se notaba que eran gente preparada y de buen vivir.

En el altiplano se siente más frio en las noches y sus anfitriones deseaban que pasaran bien atendidos esa noche. Sabían que al otro día temprano reanudarían la marcha y las horas en la pampa son interminables y agotadoras. No tuvieron en cuenta el factor climatológico que cambiaría los planes de los viajeros. A la mañana siguiente, Celestino se presentó en el cuarto de los jóvenes, anunciando una demora pues amaneció lloviznando y sería peligroso continuar el viaje en esas condiciones. Celestino cumpliría su palabra, cuidando que los muchachos lleguen sanos y salvos a su destino. Los burritos también se negarían a caminar en lluvia. Para mantenerlos distraídos les prometió llevarlos a conocer la preparación de las carnes secas de res y oveja; la primera se llama cecina o charqui, la segunda es chalona. Para el pescado usan la misma forma y estos tienen el nombre de Hispí, Phaphi y derivados, todos relacionados con la alimentación del altiplano y otras regiones aledañas.

Roberto tomaba nota de todo lo explicado. Los muchachos quedaron admirados de las artes, culturas y sabiduría que la naturaleza les enseño a los amigos altiplánicos.

Por la noche la abuela Marcelina, vecina querida, respetada y consejera del caserío tuvo la atención de invitar a los turistas a que visiten su casa. Eso como prueba de solidaridad porque noto en los chicos una educación diferente hasta en sus costumbre. Les complacía y deseaba agradecer en alguna forma los consejos, orientación y organización, respecto al trabajo del agro, aunque ella entendía la diferencia de un país a otro.

Cuando la noble anciana conversaba con los chicos, vislumbraba un adelanto en su aldea, quedando feliz de ser también abuela de los jóvenes extranjeros. Ellos merecían las bendiciones que la comprometían pedir para los viajeros.

La abuela Marcelina era la persona más ilustrada en el caserío. Ella desde su niñez trabajo en la ciudad y tuvo la suerte de ser sirvienta de gente adinerada, que deseaban la superación de su empleada doméstica. La inscribieron en una escuela nocturna y allí la llevarían a muchos logros en su vida. En primer lugar aprendió y asimilo muchas anécdotas y cuentos de increíbles apariciones que en su mente guardaba como la mejor riqueza de sus antepasados. Reitero que pocas veces ella hablaba de los sucesos que ahora quería narrarles; aunque estos fueran inadmisibles, les serviría para protegerse.

Por ejemplo, al decir esta palabra, pidió mucha atención especialmente a Celestino y le dijo: "Mañana tendrán que caminar por lugares boscosos. Mis abuelos contaban a sus amigos que el lugar llamado la arboleda es muy peligroso, allí se esconden para atacar los implacables Khari-Kharis o Kharisiris. Según la narración son seres malignos que tienen pacto con el diablo. Llevan una campanita pequeña que hacen ruido con ella cuando eligen a su víctima. Ese ruido tiene el poder de adormecer a la persona, luego es conducido al lugar preparado para extraerle la grasa del cuerpo, sin dejar señal de incisión. Cuando la persona recobra el conocimiento no tiene dolor ni recuerdos, porque tiene perdida la noción del tiempo. Antes de su muerte deambula por los cerros sin sentir frio ni hambre; sufriendo días de lenta agonía."

Aconsejan para esos malos encuentros que todo viajero debiera llevar consigo algunos dientes de ajos para ahuyentar con el olor a ese ser maligno, porque de un encuentro con el monstruo escondido en las sombras, es rara la persona que sale con vida; generalmente mueren sin explicar lo sucedido. Algunos que tuvieron la suerte de salvarse con la ayuda de Dios de la infernal criatura, nuestros antepasados, tuvieron la preocupación de guardar estas narraciones". La abuela Marcelina continuo con la historia: "Cuando nosotros viajamos, preferimos

hacerlo en el día, manteniendo alertas nuestros sentidos. Si los abuelos nos advirtieron de este peligro, seguramente ellos han debido sufrir el azote de aquel desalmado."
Marcelina noto el nerviosismo de los turistas y cambio el tema.

Lentamente caía la nevada, aumentado el frio, frio que ahora más que nunca helaba hasta la sangre de los viajeros. Celestino y Rafito que recién conocieron la leyenda de los Karisiris, quedaron mudos de la revelación, diciendo, "esto no es un chiste." Celestino, como responsable del grupo recién sintió sobre sus hombros el peso de la responsabilidad contraída con el grupo y su conciencia.

Antes de la despedida, la buena anciana les convido a beber a una taza de sultana bien caliente. Cuando los jóvenes se tranquilizaron, dieron a entender que deseaban descansar y la abuela les dio la bendición, rogando al altísimo que les vaya bien en la vida y se les cumpla todas sus aspiraciones.

Durmieron bien arropados, abrigados hasta con cueros de oveja, al parecer nada daba calor al alma de los muchachos. Las leyendas del altiplano eran interesantes e increíbles pero demasiado fuertes para personas de diferente cultura. Con cada rareza que tropezaban, sentían más desasosiego y temor a lo desconocido. Alejandro, que parecía el más valiente, por momentos perdía interés en la aventura. Roberto al ver el desaliento de sus compañeros, tomaba parte inmediata, animando a sus amigos.

Capítulo 6

Con la llegada del alba partieron del caserío. A esa hora la abuela Marcelina les esperaba con otra taza de sultana, preparada con todo su amor, para que lleven algo reconfortante en el estómago. Nuevamente la señora les dio su bendición invocando la protección de la Pacha Mama – Madre Tierra –Madre Nativa del altiplano. Fue aclarando el día y con eso un frio que helaba hasta los huesos de los viajeros. Los burritos acostumbrados al gélido frio del altiplano, rebuznaban con descontento. Donato, el más humilde de los animales, echo coces a diestra y siniestra sembrando rebeldía entre sus compañeros, declarando huelga de burros abusados y explotados, intentando regresar al caserío. Pero el dueño conocedor de sus mañas, a cada uno le hablo bajito y al oído, cosas que seguramente les agrado a los cargadores de los turistas.

Era el medio día, los muchachos tenían las manos amoratadas, pese a los buenos abrigos que llevaron desde Colombia, especialmente para la ocasión. En la soledad de esas pampas, no había forma de evadir el pesado aire de la altura, a cada minuto se hacía más difícil la respiración de los chicos. Celestino desconfiaba de la fortaleza de sus protegidos. ¿Qué hacer? Quedarse, ¿pero dónde? ¿Regresar al caserío? ¡Oh no! La abuela nunca más confiaría en él.

Alejandro, al encontrarse en circunstancias tan desesperadas, se sentía culpable ante sus amigos, que lo observaban en mudo reproche, pero sentía más consideración y respeto por Celestino y Rafael.

Fueron las siete de la noche, cuando se percataron que se acercaban a la temida arboleda y de un salto Rafito apareció en el camino, diciendo: "Aquí estoy amigos, no se asusten, seguramente no esperaban verme. Yo no podría defraudar a quienes confiaron en mí. Desde este momento los acompañare." Rafito para demostrar seguridad, bromeaba tratando de infundir valor en los forasteros. El legendario Karisiris no podrá contra cinco como nosotros y tres burritos deportistas. De todas formas había que tener en cuenta las recomendaciones y advertencias de los guías, estar alertas a cualquier movimiento extraño, por leve que pareciera. Ellos no les molestaría saber, al contrario será una ayuda salir del problema.

Era noche cerrada. Por momentos los rayos de la luna alumbraban débilmente, y las ramas de los arboles daban la impresión de brazos descarnados que se movían para atraparlos. El viento con el chasquido constante de las ramas, parecía envolverlos y transportarlos en un sudario, especialmente preparado para los que se atreven desafiar la inquietud de la noche que pertenecía totalmente a la arboleda. Los jóvenes extranjeros, con más fuerzas apretaban en sus manos los dientes de ajos, que la abuela Marcelina les dio como signo de protección.

Para los viajeros, las manecillas del reloj no avanzaban, hasta pensaron que el terrible lugar tuviera alguna fuerza magnética deteniendo al tiempo. Por fin como a las tres o cuatro de la mañana, casi en caminata forzada, empezaron a salir de entre las tenebrosas sombras.

Tres Amigos, Un Destino

Con los corazones rebosantes de felicidad, agradecieron a Dios, abrazaron a sus amigos y a los burritos también. Por momentos los chicos no atinaban a pensar en su situación, solo juraban ser más humanitarios y atentos a los consejos de sus padres.

Rafito, rompió el silencio, pues nunca dejaba su gran sentido del humor y dijo: "Yo no tenía miedo en la arboleda, sabía que todo nos saldría bien porque Tiburcio, Donato y Dionisio me aseguraron defendernos del Karisiris con una cantidad industrial de patadas, que en su vida querrá regresar por estos lugares."

Caminaron más o menos hasta las dos de la mañana y llegaron a una casa abandonada en plena pampa, era como dormir a la intemperie. Los viajeros llegaban a la desesperación, soportando cinco días de viaje continuo, sin cambios. La monotonía los asfixiaba y crecía el descontento, soportando tantos sacrificios que tal vez no valían la pena. Rogaban para que concluya el injusto castigo, no disfrutaban del viaje, les faltó tiempo para cuidarse de los espantos de la puna.

El quinto día la naturaleza les regalo un sol radiante, de fabuloso panorama que parecía enviado por un hada especialmente para compensar todo lo malo que les sucedió a los turistas y compañeros de aventuras. A la distancia distinguieron unos cerros nevados. Esa preciosa blancura tuvo la magia de cambiar el concepto de los visitantes, considerando como de buen augurio.

Después de cinco días de monótono y agotador viaje, por fin se acercaban a su destino. Ahora si podían considerarse los hombres más afortunados y valientes estudiantes Colombianos que desafiaron, sin intención, a los más expertos caminantes. Ellos cruzaron tres fronteras viajando a pie. Cumpliendo sus propósitos se convirtieron en personajes de esta historia.

¿Pero, el destino los compensara con algo digno de recordar la sacrificada hazaña? ¿Qué les esperaba al final de esa odisea? No se detuvieron a pensar más que en el famoso "Dorado." La inexperiencia de los chicos los conducía al lado contrario de sus ideales; porque recién comenzarían las verdaderas exigencias a causa de la ingenuidad de los muchachos. Creyeron que los problemas terminaban, pero estos recién comenzarían, si ellos mismos no se imponían las responsabilidades y decisiones en el futuro.

Por fin llegaron a la ansiada pascana, que gracias al cielo, era la última. Aunque la casa estaba abandonada se mantenía en buenas condiciones. Parecía que todo era un milagro por que Daniel se veía desmejorado e intuían que se necesitaría un médico.

El descanso era respetado religiosamente, pero al amanecer, Rafito los despertó para hacerles la última recomendación. "Primero les anuncio que los acompañaría hasta las cercanías de la ciudad pues finalizaba el viaje, según su compromiso. Los burritos deberán descansar esa tarde, para retornar al día siguiente a su pueblo y reanudar sus actividades cotidianas."

A cada uno de sus amigos le arranco la promesa de comportarse con altura, cordura y respeto a nivel de sus antecedentes; porque ahora sí estarán solos en tierra ajena. Rafito continuo: "Yo me encariñe con ustedes.

Prometo visitarlos periódicamente en la ciudad." Al despedirse les dijo: "Si no les fuera como ustedes quieren, espérenme aquí. Llego cada quince días y los cuatro planearemos su retorno a Colombia, les prometo, y ustedes saben que yo sé cumplir mis compromiso." Las palabras de Rafael, cariñosas y sinceras, quedaran grabadas en los corazones de sus amigos extranjeros.

Con los últimos rayos del sol, llegaron a la ceja de El Alto de La Paz. Si los nevados apreciado desde la pampa tuvieron la mágica atracción, al punto de aliviar sus preocupaciones ahora, la vista esplendorosa de la ciudad los dejaba maravillados. Abajo en plena hoyada erguida cuan elegante dama. Los esperaba la cuidad de sus sueños, que le causo tanto impacto a Alejandro, ya que el organizo el viaje a Bolivia. Al mirar tanta belleza, ninguno se arrepentía de cometer tan tremenda locura.

Capítulo 7

El maravilloso Illimani, cual celoso guardián desde las alturas protegía sus heredades.   Para los chicos era una novedad contemplar algo parecido a un espejismo. Precisamente ese momento tuvo que ocurrir algo inesperado con Daniel.   El frio y los constantes viajes en condiciones inhumanas, más el balanceo de la bestia, afecto la salud del joven estudiante que fue víctima de horribles calambres en las piernas, dolor que no le permitía caminar.

Cuando aseguraban haber encontrado la felicidad, los muchachos tropezaban con obstáculos de esta naturaleza. ¿Qué ocurría Señor? ¿Acaso eran mal intencionados? La modestia que los adornaba debía tener su premio. Roberto se preparaba para bajar a la ciudad en busca de ayuda, pero como un milagro, de entre los matorrales salió un hombre con una mula. Al ver la desesperación de los muchachos, les ofreció ayuda. Lo montaron al enfermo en el animalito transportándolo a una choza para atenderlo y los otros pararían esa noche bajo techo.   Ya en casa, José, nombre del dueño de la mula, curó a Daniel con ungüentos caseros, que dieron muy buenos resultados. Durante la conversación, les prometió acompañarlos hasta las cercanías de la ciudad y conseguir un médico.

Daniel, con la alegría de haber culminado sus deseos, alcanzando la dicha de conocer "El Dorado" famoso, protagonista de la gran leyenda que se apodero de la mente de mucha gente. Entre ellos, tres estudiantes Colombianos, que se dejaron absorber por una ilusión que tal vez nunca existió. Primero Alejandro se dejó envolver en ese torbellino de falsa realidad, arrastrando con él a sus amigos del alma.

El tesoro, escondido en las dos palabras mencionadas, tuvo la virtud de lograr el olvido de los males de Daniel. Los tres muchachos en loca carrera se lanzaron a conquistar la ciudad de un país, que por muchos años se adueñó de la tranquilidad y el sueño de los chicos, hasta conseguir separarlos de sus padres, patria, amigos y comodidades. Que Dios siga protegiendo, guiando y bendiciendo a Alejandro, Roberto y Daniel.

Lo que más les interesaba a los jóvenes, por el momento, era encontrar un hotel, tomar un buen baño, comer y dormir aunque sea por una semana. Pero acostumbrados a madrugar despertaron bien temprano, para planear su vida en la ciudad. Luego de un suculento desayuno, se dirigieron a la jefatura de la policía pues deseaban hablar con las autoridades y enterarse de las leyes y reglas del país que los cobijaría por algún tiempo. Luego pasaron a visitar una Iglesia, con la idea de conversar con el párroco, pedir la bendición del Señor y dar gracias por estar junto a ellos, protegiéndolos y guiándolos en los momentos más desesperantes de la vida.

Desde ese día, ocuparon su tiempo en conocer la ciudad, visitar las tiendas, principalmente las artesanías y mercados. La gente sencilla, afectuosa, educada y respetuosa tenía la magia de hacerles agradable la estadía lejos de sus familiares. Las madres les miraban con inmensa ternura, posiblemente se imaginaban en todas las dificultades económicas, cosa que no era verdad. Los jóvenes deseaban hacer amistad con gente de su edad y nivel social, enrollarse con empleados de categoría, y aspiraban colocarse en oficinas con conexión extranjera.

Los tres eran estudiantes universitarios. En ese aspecto, estaban bien preparados. Todo giraba alrededor de "El Dorado." Con la satisfacción del sueño cumplido y que ya lo tenían al alcance de las manos, olvidaron buscar un lugar para vivir. Los hoteles no convenían a los intereses de los extranjeros. Por el momento aún no contaban con un trabajo y el dinero se les terminaría pronto. Las conversaciones de los ancianos ecuatorianos los saco del apuro. Rentaron tres cuartos en una casa de huéspedes bien acreditada de categoría, económica y en el centro de la ciudad.

Los dueños de casa eran personas mayores pero los empleados gozaban de buena salud y juventud. Don Remmy y Doña Emma los recibieron como a familiares que retornaban a casa, brindándoles cariño, atención y servicio especial. Ahora parece empezar la buena suerte de los chicos.

Los tres extranjeros encontraron trabajo en diferentes empresas, ganando el aprecio de sus compañeros, gracias a las buenas cualidades que adornaban a cada uno. Con el trabajo, paseos y diversiones, el tiempo se les fue con rapidez increíble, y paso un año de la llegada.

La adaptación de Alejandro y el amor que sentía por la tierra Boliviana, fue impresionante. Había perdido hasta el acento Colombiano. Sus amigos le enseñaron a tocar guitarra, notas y letras nativas, con las que les declaraba su amor a las muchachas del barrio.

Conociendo el entusiasmo del joven, sus nuevos amigos los invitaban a participar en serenatas formales. Por su bonito carácter era el más cotizado del grupo, sobresaliendo en las reuniones. Roberto compartía las reuniones pero no se le notaba apego a las diversiones, prefiriendo leer la historia de Bolivia en un buen libro.

Daniel era dueño de un carácter suave, pero más formal que sus compañeros de vivienda. El muchacho no se cansaba de recordarles que el propósito de aquella aventura había finalizado y era tiempo de regresar a la patria, como prometieron a sus familiares.

Desde esta parte, el tiempo y el destino empiezan a desempeñar un papel importante en la vida de Alejandro. Como no llegaron a "El Dorado" -- promesas, ilusiones y sueños que se perdían en las sombras del olvido y del pasado -- los dos muchachos tenían ideas de regresar a su patria.

En ese ínterin, llego la fiesta del carnaval y los tres jóvenes fueron invitados a visitar una provincia, Sorata, y pasar la fiesta en el pueblo. Alejandro acepto con mucho gusto. Allá se divertirían mejor que en la ciudad, disfrutando de un ambiente sencillo, acogedor y familiar. Por esos años, Sorata se encontraba muy lejos de la ciudad. El viaje en camión duraba un día y una noche. El pueblo tiene clima templado, sus habitantes son trabajadores y hospitalarios, confiados y amistosos. Los forasteros son atendidos con el cariñoso respeto que acostumbraban brindar los del pueblo.

Allí llegaron los Colombianos, con el deseo de divertirse a lo grande, renovando energías, inyectando en su espíritu nuevos bríos para seguir en su empeño de alcanzar sus metas. Desde que llegaron a la ciudad Alejandro descuido el propósito del viaje, al parecer el tesoro más grande que encontró con sus amigos era más importante que "El Dorado."

Después de las fiestas, retornaron a sus actividades. Pasó un año, tenían buenos ahorros en su banco. Roberto y Daniel extrañaban a su familia y decidieron regresar a su patria a continuar sus estudios en la universidad. Sentían asfixiarse respirando el aire de un país que no era el suyo. No era ingratitud. Agradecían la buena acogida pero no era su tierra ni sus costumbres. Pedían a los bolivianos por favor entiendan sus sentimientos.

Cuando Alejandro se enteró de la decisión de sus compatriotas, dijo sentirse defraudado, pero valientemente acepto el viaje de sus amigos y quedarse solo. Al finalizar el sexto mes de ese año, Roberto y Daniel partieron con destino a la dirección que les diera su amigo Rafito. Para Alejandro, era como la peor de las ingratitudes que recibía de sus compañeros de aventuras. Desde ese día se mantenía alejado del grupo. Solamente él podía soportar su mal genio, frio, resentido, amargado, traicionado, ante la insistencia de sus compatriotas.

Era que el destino recién empezaba a juntar los eslabones de una invisible cadena, cual pondría a prueba la fortaleza de Alejandro. Los cuatro años que pasaron juntos, ayudo a que se conocieran mejor y meditaran, para encausar cada uno el destino que le correspondía. Pero Alejandro jamás imagino llevar la peor parte. Posiblemente con el tiempo, se dé cuenta de su equivocación. El eligió el camino que no le correspondía, ojala no sea tarde para reflexionar y pensar en su situación.

Capítulo 8

Desde la partida de Roberto y Daniel, los dueños de la residencial que habitaban notaron la tristeza de Alejandro. Por las noches caminaba en su habitación hasta horas del alba y comía mal. Aunque simulaba no sentir la ausencia de sus amigos, le dolía en el alma.

Muchas veces pensó marcharse de Bolivia y regresar a Colombia a retomar sus estudios, pero era dominado por algo más fuerte y superior a sus propósitos. Pensó que con un cambio de vivienda mejoraría la situación pero no logro recuperar su tranquilidad. Los remordimientos lo torturaban todo el tiempo.

Con muchos altibajos pasó los siguientes meses. Nuevamente sus amigos lo invitaron a pasar unos días en Sorata. Alejandro, pensando que el viaje lo ayudaría a superar la ausencia de sus amigos, acepto con gusto formar parte de la excursión. Sorata era en esa época un pueblo en formación. Los habitantes tendrán que esperar mucho tiempo para cubrir las exigencias del turismo.

El grupo de jóvenes que llego al pueblo era oriundo, menos Alejandro, así que para él era una novedad ver el movimiento de gente preparando la mercadería para las ventas. Pues, al día siguiente comenzarían las fiestas patronales. El ambiente era diferente al anterior y le gustaba más al visitante. Los muchachos, de acuerdo a sus edades, subían y bajaban de los cerros vecinos con la agilidad y conocimientos acostumbrados. Nada detenía su libertad y alegría, hasta que una tarde, de regreso al pueblo sintieron...tremenda sed. Se detuvieron en una tienda, solicitando unos refrescos caseros que los preparaba una hermosa muchacha, refrescos que sabían a gloria y más para los sedientos excursionistas. Bueno...bueno, aquí comenzó el trabajo de Cupido, que con sus certeras flechas preparadas. Esperaba el momento que Alejandro y Victoria cruzaran sus miradas, para lanzar su infalible flechazo, directo a los corazones de los chicos. La ansiada espera de Cupido llego como él esperaba, llevando el poder de juntar las almas de dos personas de diferente cultura.

Victoria, inocentemente y como era su costumbre, se ofreció a atender a los ocasionales clientes llevando en una mano una jarra llena del delicioso refresco, en la otra unos vasos y en el hombro un secador. Victoria se detuvo en seco al mirar al grupo, especialmente al colombiano, que ese momento ansiosamente volteaba la cara hacia la puerta de la tienda. Sus miradas se encontraron, se estremecieron quedando paralizados como si los hubiera sacudido corriente eléctrica, algo que no paso desapercibido para sus amigos. Luego la muchacha lleno los vasos, pero el temblor que invadía su cuerpo, delataba su turbación. Posiblemente presentía que aquella inofensiva mirada sería el primer eslabón de una larga cadena de acontecimientos.

Alejandro dijo sintió cansancio, calor y deseaba sentarse un momento. Después de tanto tiempo sin caminar como ese día, las piernas se le adormecían. El vino a Sorata a divertirse en la fiesta y no quería enfermarse. Al escuchar la queja del compañero, sus amigos solicitaron al dueño de la tienda un pequeño patio con banquetas que era usado para eso menesteres. Pero Alejandro no podía evitar ni desviar la vista de la chica que llamaba poderosamente la atención, y para admirarla más tiempo, pidió les sirvan otra jarra del refrescante jugo de duraznos, especialidad de Victoria.

En el pueblo, el colombiano pasó el resto del tiempo averiguando los antecedentes de Victoria, su estado civil en primer lugar, la actividad de sus padres, en fin, todo lo relacionado con la culpable du sus desvelos. No encontrando nada negativo a sus deseos y sentimientos, empezó a ayudar el destino, cumpliendo con lo que decían nuestros mayores. En este caso sería con la ayuda del mandato de su corazón, pues "escritas están las cosas que tiene que ocurrir." El grupo regreso a la rutina de la ciudad, el trabajo y las distracciones de su edad. El recuerdo de Victoria absorbía sus pensamientos, fuertemente conectados con la dueña de su corazón.

Ya en la ciudad, la rutina era monótona y cansadora. El trabajo, las distracciones, ni la imagen de su amada sosegaba su espíritu, hasta que un día ya no pudo guardar su secreto y decidió compartir con sus amigos, la realidad de su amor por Victoria tan celosamente guardada. Para los muchachos fue una sorpresa que tomaron como una broma o un simple flechazo de Cupido que pasaba por un momento de travesura. Tal vez era un juego de la vida, o algo pasajero, nada serio de tomar en cuenta. El ambiente del amigo colombiano era muy refinado. En su tierra, tenía a cientos de señoritas para elegir, jamás pensaron que un estudiante universitario cometiera semejante destino.

Ahora hablemos de Victoria, desde que conoció a Alejandro, quedó prendada del muchacho, aunque la razón le advertía que para ella, Alejandro era un imposible, su enamorado corazón le decía lo contrario. Alimentando la esperanza de que algún día regrese al pueblo y vuelvan a encontrarse, ella intuía que Alejandro la cuidaba, a su adorada Sorateñita como a una bella flor silvestre. Todas las tardes después de sus oficios caseros, cuando comenzaba a ponerse el sol, Victoria con nostalgia fijaba su mirada en el camino por el que se fue el hombre que le robo su tranquilidad. Luego hacia su acostumbrada caminata, llevando en su interior el deseo de verlo nuevamente. Sus padres siempre acostumbrados a las sonrisas, alegría y buen humor de su hija sufrían al notar la tristeza que cambio el carácter antes alegre de su única hija, compañera inseparable de los padres que ella adoraba.

Un día se hizo el milagro para los casi desconocidos enamorados, como Victoria lo había visualizado. Alejandro avanzaba por el camino que la muchacha iba en sentido contrario, se encontraron y mirándose a los ojos por unos segundos, ella, perdiendo el miedo le dijo: "Joven ¿cómo está usted?" Alejandro la miro con ternura y le respondió, "¿cómo es eso de usted?"

Claro el muchacho acostumbrado a la ciudad, estudiante universitario, de un refinado nivel social, le echo más flores a la muchacha y le respondió: "¿Acaso no somos amigos? Mi nombre es Alejandro y tu como estas mi querida Victoria." Esas palabras llegaron al corazón de la muchacha, nadie le había hablado con tanta seguridad, sinceridad y amor. Se miraron a los ojos y fue suficiente esa mirada para decirse cuanto se amaban. Se tomaron de las manos como si fuera el reencuentro de viejos amigos, así llegaron a casa de sus padres. Marcelino y Balvina preguntaron sorprendidos, "¿qué es esto hija?" "Tu aun no eres mayor de edad para conducirte de esta manera," le recrimino la madre.

Pero la chica solo atinó a decir, "papa, mama, les presento a mi amigo Alejandro." En su carita curtida por las inclemencias del tiempo y el trabajo, se notaba un intenso brillo de felicidad, como si hubiera conquistado el mundo y sentía ser la dueña del universo.

El joven enamorado con una sonrisa de satisfacción, felicidad y triunfo, como si hubiera encontrado el famoso y codiciado "Dorado" motivo de sus desvelos, se apresuró a presentarse. "Señores soy Alejandro, amigo de su hija Victoria, no desconfíen, soy buena persona y me siento responsable de mis actos. Algunas personas en el pueblo me conocen y pueden confirmar mis palabras y mis principios. Estoy aquí para confesarles algo muy serio, aunque sé que el momento es inoportuno, pero quiero que ustedes lo sepan. Soy admirador de su hija Victoria y deseo ser su amigo, luego si el destino lo permite formaremos una familia."

Antes estas palabras, Marcelino y Balvina, primero enmudecieron, sintieron que una corriente eléctrica los paralizaba. Papa Marcelino reacciono al instante como queriendo adivinar las intenciones del colombiano, ¿o querría burlarse de la sencillez de su familia? Marcelino respondió con firmeza: "Esas palabras son mayores, formar una familia no es un juego, no se apresure en sus apreciaciones jovencito, tampoco piense confundirnos con sus palabras. Entiendo muy bien lo que usted quiere decir y gráveselo que no somos unos analfabetos ni juguetes de nadie. Es la primera vez que nos vemos, así que le agradeceremos comportarse a la altura de sus antecedentes, si le permitimos la entrada a esta casa fue porque Victoria lo trajo y quiero que sepa que mi hija fue criada dentro del marco moral de esta casa. Es hija única o sea educada con todas las de la ley." Marcelino continuo: "Yo también soy profesor normalista, titulado con honores. Hace algún tiempo tuve la satisfacción de enseñar en la única escuela que había en el pueblo; tuve que dejar mi trabajo para atender otras obligaciones que contraje con mi familia. No soy lo que tal vez usted piensa de mí. Si quiere cultivar la amistad de nuestra niña y la nuestra, se lo permitiremos bajo nuestras condiciones."

Alejandro quedo sorprendido ante las palabras de Marcelino, el joven colombiano, posiblemente en su afán por conquistar a Victoria, había olvidado normas aprendidas en el círculo social que frecuentaba. Como toda persona enamorada, acepto incondicionalmente las reglas de sus futuros suegros. Alejandro pidió perdón, por la ligereza de sus apreciaciones, más por sus palabras que brotaron tan atropelladamente. Todo fue por temor a una negativa de Balvina y guiado por el amor a Victoria, que desde ese momento no le importaba gritar en la plaza del pueblo que Victoria correspondía a su amor y sus padres lo aceptaban como formal pretendiente de su hija.

Capítulo 9

La estadía del muchacho en Sorata fue corta pero fructífera. Había logrado sus propósitos aunque con mucho miedo, hablar y obtener el permiso de sus futuros suegros para cortejar a Victoria que ya era dueña de su corazón. Retornó a la ciudad con la fija idea de trabajar sin descanso para ahorrar todo el dinero posible para los gastos de la boda. Aunque todavía no fijaron fecha ni hablaron de matrimonio, Alejandro estaba tan loco de amor que soñaba con su boda. Irradiando felicidad se presentó en la oficina. Sus compañeros, notando algo raro, preguntaron el motivo. El inocentemente les confió su decisión. Sus amigos enmudecieron de la sorpresa y las muchachas deseaban ahorcarlo, como más de una le dijo. Pero Alejandro, firme en sus propósitos no veía ni escuchaba a nadie.

El colombiano quedo aislado del círculo social al que perteneció por algunos años y todo fue por enamorarse de una humilde muchacha de pueblo, aunque a él le importaba muy poco la opinión de los chicos. Los amigos de Alejandro presentaron sus disculpas y ofrecieron toda su colaboración, como si vislumbraran del muchacho.

Llego el día de la petición de mano. Alejandro lo hizo con toda naturalidad y sencillez. Desde ese día viajaba al pueblo cada dos semanas con motivo de ayudar en los preparativos de la fiesta, que fue anunciada con las debidas proclamas en la Iglesia que se bautizó Victoria. Los amigos de la chica enterados del compromiso matrimonial de Victoria, hablaron con Marcelino, aconsejándole que no acepte tamaña locura. Alejandro era un desconocido que posiblemente no la merecía. Si la lleva a Colombia, tal vez le esperaba una vida de sufrimientos, en un país desconocido, lejos de su cultura y familiares. En el pueblo había más de un vecino que deseaba emparentar con ellos, gente solvente, de intachable moral. Todos los argumentos fueron vanos.

Faltando una semana para la boda, Alejandro y sus amigos llegaron al pueblo, llevando todo lo necesario para la celebración, aunque Marcelino le recordó que los gastos del casorio de la hija, lo cubrirían ellos. Era una regla creada por él y no le importaba comentarios ni costumbres ajenas.

Marcelino, con la mayor reserva, había contratado una orquesta-grupo musical de la ciudad de La Paz, para amenizar el primer día de la fiesta de Victoria y para el siguiente los amigos del pueblo improvisarían un conjunto de música folklórica. Marcelino todo lo tenía muy bien organizado, como todo padre se sentía feliz y orgulloso de cumplir con su hija, hasta en ese aspecto.

Por su parte, también Balbina, madre de la novia, se esmeró en los preparativos que le correspondía. Pero antes quería volver a conversar más profundamente con su hija. Pensando en la privacidad del campo, le sugirió hacer un corto viaje por los alrededores con el fin de completar las compras necesarias, porque el matrimonio de una rosa tendrá que gravarse en el recuerdo.

Por supuesto que la idea de Balbina era otra. Como persona de pueblo, el lenguaje de la madre era dulce y florido: "Victorita, mamita, ¿tú sabes que el matrimonio es para toda la vida verdad? Tú le estas dando tu vida,

¿pero qué seguridad tienes de Alejandro? Dios no lo permita que cualquier día retorne a su país abandonando esposa e hijos." Balbina exclamo: "Tu mi niña preciada, no conoces el verdadero carácter de tu futuro esposo y el tampoco el tuyo. Cuando una mujer está enamorada no alcanza a distinguir las intenciones de su pareja. Estas a tiempo mi hijita querida. Quiero que pienses bien las cosas porque tu decisión será para toda la vida y nosotros te apoyaremos mamita."

El amor que Victoria sentía por Alejandro era inmenso, incomparable como el sol que le brindaba luz y seguridad a su vida, y no se equivocó la jovencita. El muchacho se enamoró de ella sin prejuicios de clases sociales. Balbina, consciente del amor de los chicos continúo con los preparativos relacionados con la comida y parte de la bebida. Preparo la chicha con ayuda de sus comadres. Marcelino aconsejado por sus compadres, padrinos de la muchacha, solicitaron a las mejores casas importadas de la ciudad para que le envíen un variedad de bebidas espirituosas. Marcelino y Balbina eran personas sencillas pero bien dotadas económicamente.

Las chicas del pueblo, con el pretexto de visitar a Victoria, trataban de persuadir a su amiga desistir de un compromiso que tal vez le traiga más tristezas que felicidad.

Por fin llego el gran día, pues nadie lo pudo evitar. La casa de Balbina, ubicada más o menos quince minutos del pueblo, casi en pleno campo, fue remodelada por la dueña para que su hija reciba a sus padrinos y amistades. Allí quedó sellada para siempre la unión de una persona de la gran ciudad y una muchacha de pueblo. Pero la chica también poseía sus virtudes, mujer sencilla, trabajadora, responsable y amorosa. El joven era el hombre más feliz del universo. Hasta "El Dorado", dueño de sus sueños, perdió el interés idealizado y conservado en su mente por tantos años. Luego vino la ceremonia religiosa, la Iglesia, engalanada con cientos de flores cultivadas y silvestres, como para la boda de una princesa y todo aquel derroche era para los dos muchachos, que conservaban en sus corazones todo lo bonito de su boda. La fiesta fue de dos días, conservando la costumbre del pueblo.

Luego Alejandro fijó su residencia en Sorata, eso a pedido de su joven esposa y nuevos suegros. Allí consiguió empleo como profesor, en la única escuela del pueblo que disponía de primaria y secundaria. En sus horas libres colaboraba en los trabajos de la finca, aprendiendo las labores del agro y otras veces ayudaba en la pequeña panadería propiedad de Victoria. De esa manera aprendió el trabajo y le gusto supervisar las cosechas, especialmente de las Chirimoyas.

Pasando algunos meses, Victoria dijo sentirse enferma, con unos síntomas desconocidos y raros que la inquietaba perjudicando su trabajo. El esposo intuyendo el motivo de los malestares de su esposa la llevo a la ciudad para un chequeo médico. Para sorpresa y felicidad de la pareja, la joven señora estaba embarazada. Era lo más natural en una mujer casada, pero el caso no era tan común, pues venían mellizos. Con los cuidados de su madre, después de unos meses tuvo un alumbramiento feliz, el hogar fue alegrado con dos hermosos varoncitos sanos y fuertes, a los que bautizaron con los nombres de Alejandro Gervasio y Víctor Daniel.

Capítulo 10

La pareja día a día fortalecía más su matrimonio, mientras los felices abuelos disfrutaban a plenitud de sus adorados y traviesos nietos. Con las modernas ideas de los hijos, la propiedad aumentaba las ganancias con la ayuda y esfuerzo de los muchachos multiplicando las ventas. Los contratos en la ciudad los obligaban a incrementar la producción, inclusive tuvieron que comprar algunos terrenos adyacentes para aumentar los sembradíos y satisfacer los pedidos.

La panadería de Victoria era la más prosperada y moderna del pueblo. A esa fecha, ya disponía de una camioneta para distribuir la mercadería a las tiendas. El yerno de los Rosales, retribuía con creces a la confianza depositada en su persona y los suegros orgullosos de tener a un muchacho tan caballeroso y formal. Alejandro nunca faltaba a su palabra de hombre.

Un día cualquiera, tenía que cambiar la rutina y así ocurrió. Victoria se vio precisada a contratar más operarios para cumplir los contratos con las tiendas del pueblo y alrededores, pues las últimas semanas la aquejaban fuertes dolores de cadera izquierda. Aunque ella no quería aceptarlo, los dolores y desmayos la delataban. Cuando Alejandro se enteró de la dolencia de su Victoria, inmediatamente la condujo a la ciudad. Allá su médico le aclaro la situación. De regreso de la consulta sorprendieron con otro embarazo, esta vez con algunos riesgos, que el esposo la obligo a cumplir, guardar reposo absoluto por algunas semanas. Pero con los cuidados médicos y de la familia, al cabo de unos meses, nació un niño sano y fuerte y parecido a mama Victoria.

Tres Amigos, Un Destino

Alejandro, con la alegría de ser esposo y padre de una familia tan bonita y completa, olvido todos los planes que lo sacaron de su amada Medellín, Colombia. Ahora pensaba de diferente manera. Sus pensamientos, esfuerzos, anhelos y aspiraciones dirigían hacia un futuro cercano y prometedor, y la familia que formo en Bolivia.

Ahora que era padre de tres niños, sentía la alegría y responsabilidad de brindarles una vida como la que vivió con sus progenitores. Transcurría el tiempo y la pareja día con día cosechaba gratitud de los vecinos, los chiquillos ganaban respeto y admiración en el pueblo. Los chicos era inteligentes y desenvueltos, causando asombro a personas mayores y menores, pero se notaba en ellos el espíritu aventurero de su padre, desde tierna edad eran atraídos por un espejismo, quimera.

En Alejandro se notaba arrepentimiento, preocupación y pena, aunque no quería aceptar la realidad, porque le parecía imposible que el destino le jugara una broma de esa naturaleza, parecida a la que él les hizo a sus padres. No...eso no, sus muchachos no podían hacerles tamaña ingratitud. Daniel desde siempre prometía cuidar la vejez de sus padres que eran su más preciado tesoro, pero a la vez, influía en sus hermanos el Dorado y los tesoros de los Incas, escondidos, según leyendas de los antepasados. Lo triste de esta narración era que se repetía la historia de Alejandro. Medellín-Colombia retornaba a su mente, esa vez con más fuerza y dolor. Todo por haber comentado con su familia una aventura que nunca pudo hacerla real, encontrar el "Dorado," dueño de sus sueños.

Por fin, Sorata inauguraba una escuela secundaria, anhelo acariciado por los vecinos. Ahora los estudiantes la tendrían al alcance de sus posibilidades. Los hijos de Victoria se inscribieron entre los primeros. El tiempo pasaba lentamente, Alejandro empezaba a sentir nostalgia de su natal Colombia, Medellín, por sus amigos, y especialmente por su familia.

Por fin el inalcanzable "Dorado" poco a poco fue quedando en el olvido. Alejandro parecía presentir algo que lo rodeaba. Después de las horas en los colegios, deseaba emplear su tiempo en algo diferente, para distraer su mente. Necesitaba un poco de sosiego, tranquilidad. Pero el destino le reservaba una dolorosa sorpresa. Sus amigos recogieron una carta en el correo de la ciudad y la enviaron a Sorata. Alejandro al recibir la misiva, sintió un escalofrío inexplicable. En ella Roberto y Daniel, los colombianos, le comunicaban que eran profesionales con hogares formados, hijos jóvenes y que disponían de todas las comodidades que una persona desearía, como también esperaban que los hijos de su mejor amigo fueran a estudiar a Colombia. Pero con mucha pena le comunicaban que lamentablemente los padres de los tres amigos habían fallecido. Los tres jóvenes, en ese tiempo adquirieron fama de aventureros desde la valiente hazaña de llegar a Bolivia en la forma que lo hicieron, a pie.

Para Alejandro la noticia del fallecimiento de sus padres fue como toque eléctrico sacudiendo su conciencia y avivando su arrepentimiento. Para mitigar su dolor se concentró en la lectura. Por ese medio se informó y consiguió el libro Urbanidad, texto íntegramente dedicado a la cultura de la más alta sociedad que era tan necesaria y apreciada, igual que la joya más valiosa de esos tiempos. Comenzó por su familia la instrucción, alternando las relaciones humanas y públicas. Luego todo el material fue dedicado a la enseñanza de los adultos. El pueblo sentía gratitud y respeto por Alejandro, porque hasta entonces nadie se había preocupado por ensenar a los adultos reglas tan elementales para alternar con la colectividad.

Daniel, Gervasio e Isidoro, sin que se dieran cuenta sus padres, ya eran mayores de edad. El padre descubrió que en los tres muchachos había influido una conversación suya referente a la existencia del famoso tesoro escondido. Daniel tomaba nota mentalmente de la historia y llevaba como tema de sobremesa, hasta que un día les dijo a sus padres, que para ellos sería un gran orgullo ser los primeros en conquistar el "Dorado." Aunque tuvieran que vencer muchos problemas, aseguraban lograr la hazaña. Los muchachos, preparados para el viaje hablaron con mama Victoria prometiendo regresar más pronto de lo que sus padres se imaginaban, porque ellos sí, encontrarían el famoso tesoro, ambicionado por muchos.

Por fin llegó el momento de la partida. Las despedidas siempre son tristes. Alejandro parado en la puerta de su tienda, mudo, desencajado, con un nudo en la garganta, con ganas de llorar, gritar, suplicando para que sus queridos muchachos desistieran de tamaña locura, repitiendo una y otra vez que la historia se repetía. Esta vez más dolorosa, porque en ese entonces, el no imaginaba, no sabía que doliera tanto separarse de la familia y dijo: "Perdón madre, perdón, por el amargo brebaje que yo tu hijo te di a beber el día de mi partida."

Alejandro recién comprendió el dolor que causo a su familia.

Capítulo 11

En Medellín-Colombia, tres amigos universitarios se perdieron por caminos desconocidos, ahora, en Sorata-Bolivia, tres hermanos habidos de emociones fuertes eran tragados por senderos desconocidos. Pasaron doce horas y los chicos no regresaban al hogar. Anochecía y Victoria seguía esperando por ellos, en la penumbra del emparrado se escuchó una voz que le dijo con amor, "entra a la casa mi tesoro, ellos no regresaran...fueron vanos nuestros desvelos, aunque fuimos buenos padres porque nosotros supimos cumplir con ellos como Dios manda. Ahora que aprendieron a volar, nos abandonaron y se lanzaron a conquistar el mundo."

Victoria en su cuarto, lloro toda la noche y todo el día, preguntando al destino en que había fallado como madre. ¿Acaso les faltó algo a los muchachos? Si ellos dispusieron de todo lo necesario de acuerdo a su edad, ¿Tal vez algún lio de faldas? ¿Quizás exceso de cariño paternal? La cabeza de la sufrida madre era un caos, preguntas y más preguntas sin respuestas, ella buscaba algo que justificara la actitud de sus hijos pensando que cuando se den cuenta de sus errores y todo lo que han perdido, se arrepentirán de la locura que cometieron al dejar su hogar.

Alejandro por su parte, prometió no hablar jamás de su salida de Medellín. Aunque para todo ya era tarde, tal vez los chicos lo tomaron como un ejemplo de valentía. Se acercó a su esposa y abrazándola le dijo: "Estamos solos mi Victoria, pero les esperaremos siempre y cuando vuelvan encontraran las cosas como las dejaron y a nosotros también, pero mi viejita, si ya no estamos, dos cruces les señalaran nuestras tumbas, porque esta pena es tan dolorosa que nos va a matar. No sufra más mi viejita, vaya adentro y descanse, Dios no permita que se enferme, eso mas ya no podrá mi pobre corazón."

Al día siguiente bien temprano, Victoria con la esperanza de ver a sus hijos, se dirigió a sus dormitorios, estos permanecían vacios, fríos y tristes. La pobre madre para no gritar se fue a la cocina, encontrando la mesa servida como de costumbre, con cinco tazas de humeante y aromático cafe y unos panecillos recién horneados. Martina, la empleada doméstica que no entendía lo que pasaba en la casa, seguía la rutina con el amor que la caracterizaba. Cuando vio a Victoria en desconsolado llanto, recién se enteró que sus adorados niños ya no ocuparían su lugar en la mesa. La mujer que los cuido desde que nacieron les llamaba por sus nombres, pidiendo le escuchen aunque fuera por última vez. De momento recordaba las travesuras de niños mimados por ella. ¿Y cómo fue posible se marcharan sin despedirse de la vieja Martina? Lloro tanto hasta quedar dormida.

Alejandro se internaba en los campos cultivados con amoroso afán. Para el futuro de sus muchachos, ahora repetía sin cesar, el arado en el mar y lloraba repitiendo, como lo defraudaron sus retoños del alma. En presencia de Victoria, impartía una serenidad tan especial que él estaba lejos de sentir. Mientras la congoja era grande en Sorata, los tres hermanos ávidos de aventuras, mientras a los padres se les desgarraba el alma por la ausencia de sus hijos. Los felices hermanos hacían su entrada en un caserío, sin sentir cansancio ni arrepentimiento. Eran muchachos jóvenes, fuertes y acostumbrados a las inclemencias de la región, el caserío era habitado por gente sencilla, trabajadora y acogedora. Cuando llegaba un forastero lo atendían como a un antiguo amigo y ese trato les dieron a los hermanos y más cuando supieron que los chicos eran hijos de una familia conocida. Los recibieron con afecto invitándolos a pasar una temporada en el pueblo. Tiempo que deseaban ser útiles a sus anfitriones, los tres querían retribuir a los vecinos la confianza en alguna manera y decidieron enseñar a leer a los niños que no tuvieron la oportunidad de ingresar a una escuela del gobierno.

Los vecinos les tomaron cariño y confianza. Hasta organizar unas aulas, ayudaron en las tareas agrícolas, lo desempeñaban con entusiasmo y técnica. Así pasaron un tiempo prudencial y luego empezaron la instrucción de aquellos chiquillos ansiosos por instruirse. A Daniel, Gervasio e Isidoro les llamaban los trillizos por su edad y parecido. Como todo llega a su fin, para los chicos había finalizado su estadía en el pueblo. Ellos ya tenían tomada su decisión, aunque los vecinos les ofrecieron mejores perspectivas, con todo respeto y agradecimiento se negaron aceptar la oferta.

Un día de esplendoroso sol y tibia brisa, los tres jovencitos continuaron viaje con destino a lo que se habían propuesto, ya instalados en una balsa a punto de emprender viaje al siguiente poblado. Para los muchachos sentirse en una balsa, era una maravillosa experiencia, ya que en Sorata no se conocía tal embarcación. La balsa es una embarcación pequeña rustica construida de la madera del mismo nombre, ese tiempo era el único medio de transporte y forzosamente tenían que navegar hasta el siguiente pueblo. Ahora, frente a la realidad sentían inseguridad y temor pero ni aun así pensaron en ningún momento retornar al hogar. Les fascinaba lo desconocido y el deseo del triunfo que ya saboreaban, no querían reconocer que el nombre del "Dorado" también se apoderaba de ellos, aunque poco a poco hasta dejarlos sin sentimientos ni voluntad.

Haciendo escala en muchos lugares, que llamaban de película; Daniel tocaba su guitarra matizando la pascana con canciones en lengua nativa "Aymara." Por fin, después de algunos días detuvieron la marcha en un pueblo de personas muy trabajadoras, hasta los niños tenían obligaciones muy marcadas, sin excepción de edades ni credo sociales. Todos se dedicaban a extraer oro, unos de las profundidades de los ríos u otros de las playas.

El lugar ofrecía una atrayente vista panorámica, rodeado de dos ríos que la protegían y eran fuente de subsistencia de los habitantes Guanay, nombre que quedara grabado en los muchachos colombianos, porque la situación topográfica ofrecía grandes perspectivas. Aunque recién estaba en formación, los chicos notaron grandes fuentes de trabajo especialmente en el comercio y la joyería. La sencillez que los caracterizaba a los viajeros, los hacía acreedores al afecto y confianza de los lugareños. A los forasteros les gustaba el trato recibido, todo Guanay sabia de los trillizos o los sorateñitos.

Por la gente mayor, los jovencitos eran presentados como hijos del floreciente pueblo. A los hermanos les enseñaron a lavar oro, también a substituir con el fruto de su trabajo. Así pasaron los meses y con el devenir del tiempo aprendieron la caza, pesca, porque esos años era importante preocuparse parte de los alimentos. Les encantaban las costumbres y modismos de sus amigos. Daniel se sentía en la gloria, tocando la guitarra y cantando en Aymara. Era el más aventajado del grupo cantado Caluyos, pasacalles, Yaravíes y Bailecitos del valle, arrancando a su instrumento notas del tiempo de los abuelos.

Capítulo 12

Entre trabajo y diversiones, pasaron tres años y ninguno de los muchachos tenía intenciones de formar una familia, tampoco retornar a Sorata junto a sus padres. Unos preguntaban, ¿serán delincuentes? ¿Estarán huyendo de la justicia? Ellos mismos respondían que no. No puede ser, su formación moral denota que son hijos de bien, pero en la mirada de cada uno se nota el espíritu aventurero.

Un sábado cualquiera, sorprendieron a sus amigos con una fiesta de despedida. Deseaban según ellos, respirar otros aires, conocer otras tierras. Eran atraídos por el departamento del Beni y allí se dirigían, en busca del codiciado tesoro, "El Dorado." La casa que ocuparon por tres años la donaron para una escuela, en fin, costo poco dinero cuando la compraron.

Los amigos quisieron disuadirlos de su posición, pero los chicos estaban decididos a cumplir su propósito. Algunos vecinos, compañeros de trabajo y pequeños alumnos acompañaron al Callapo hasta la primera curva del serpenteante torrente de agua, que se llevaba a tres muchachos bien educados, inteligentes, con solventes posiciones económicas, en Sorata, e hijos de padres ejemplares.

Allí la curva semejaba una tumba llena de agua, que se tragó al Callapo y sus ocupantes. Los trillizos jamás pensaron que ese fuera el último viaje junto. No se imaginaron que los invisibles hilos que el destino tejía para ellos fuera el más grande y doloroso, marcando sus vidas para siempre. No se supo el momento ni la razón de esta triste separación, pero sí, que cada uno tomo diferente rumbo.

Daniel, al principio no dio importancia al incidente, por el gran cariño que los unía y la lejanía del hogar, "ellos me buscaran," se dijo. Pasaron dos días y Daniel quería enloquecer al darse cuenta de su equivocación. El Callapo se detenía cada atardecer, a pasar la noche en cualquier playa. Daniel no dormía. Sus compañeros lo encontraban sollozando y llamando a sus hermanos, al pobre hombre solo el silencio le respondía, como una burla a su dolor. Ahí comenzó el calvario de Daniel, Gervasio e Isidoro. Solo el tiempo lo diría. La embarcación llego al Beni. El hermano decidió regresar a Sorata, ¿pero qué explicación daría a sus padres? ¿Qué perdió a sus hermanos?

La tristeza, falta de tino, la impotencia lo sumergió en el pozo más oscuro y profundo de su existencia. La bebida, el que nunca había bebido hasta perder la noción del tiempo, ahora solo pensaba en morir intoxicado, creyendo que curaría el cargo de conciencia que atormentaba su alma. La negligencia término con sus pocos ahorros, solo le quedaba la guitarra como mudo testigo de tiempos pasados.

Haciendo conciencia de sus actos, dejo de beber y en ese ínterin se enamoró de una bella jovencita, niña de dieciséis años, aunque en el pueblo ya tenía fabulosos antecedentes de su honorabilidad. La pérdida de sus hermanos era más fuerte que su voluntad y como sentía amar a Mariana, su joven corteja y era correspondido, la pidió en matrimonio aunque los padres de la bella benianita no confiaban plenamente en él. Pero como la niña estaba perdidamente enamorada du su galán, aceptaron aunque no con mucho agrado. El siempre ganaba por su cultura y comportamiento aprendido en su hogar.

Había agotado su dinero en juegos, ¿Qué hacer ahora? ¿Con que responder ante la familia de su futura esposa? Como una luz divina le llega la idea de enrolarse a un grupo de Siringueros que en unos días partirían a tierra adentro. Así que apresuraron la boda y el mismo día, la pareja fue notificada del traslado hacia los gomales. Embarcaron y fueron transportados hacia el Brasil. Después de un viaje de cinco días, por el rio llegaron a su puesto de trabajo, un campamento llamado Barraca, se encontraba en lo más profundo de los montes de esa región.

Mariana, niña que acostumbrada desde pequeña a las labores hogareñas, nunca se alejó del seno familiar, protegida por sus padres, ahora la soledad la asfixiaba y para colmo el lugar como una burla a los trabajadores, los patrones la llamaron Blanca Flor. En aquel deprimente lugar fue alojada la pareja, como si fueran prisioneros o delincuentes, frustrando la vida de Mariana. Aunque Daniel gozaba de buen carácter, era trabajador, bien educado y decía querer a Mariana a su manera, pero el abandono, tristeza y soledad de la muchacha, en montes tan lejanos a su pueblo y familia, hacía que se sintiera más desdichada que nunca.

Mariana conocía a sus obligaciones y se daba cuenta perfectamente que la vida matrimonial deparaba muchos sacrificios para fortalecerse. Pero ignoraba lo que le esperaba más adelante. La joven esposa durante el día, se encontraba rodeada de gente desconocida, pero buena.

Aunque, Mariana parecía un autómata caminando por la Barraca. Casi anocheciendo llegaba el esposo, trayendo a flor de piel el cansancio, picaduras de los insectos, la ropa sucia, con un genio agrio, desconocido para la joven esposa que aún era una niña miedosa. Poco a poco el muchacho perdía los buenos modales que Mariana admiraba en él, no le permitía hablar de su familia, solo le gustaba que la chica le agradeciera por trabajar de Siringuero para darle un hogar decente y todo lo que ella deseara. Pero, ¿qué le daba? ¿Qué le pedía ella? Pues nada, nada. Porque lo único que Mariana deseaba con el alma, era salir de aquellos montes peligrosos, que la mantenían prisionera.

Cuando la muchacha contrajo matrimonio, soñó con una bonita luna de miel y lo que su esposo le dio fue una amarga luna de miel; como si ella fuera culpable de las frustraciones. Desde la llegada al gomal, noto el cambio en el carácter de su esposo y más cuando lo pusieron a trabajar en algo desconocido para él. Mariana pasaba los días triste y abandonada, y por las noches, aterrada por los gritos, peleas y cantos de los animales que despertaban por las noches a perturbar el reposo de los sufridos trabajadores. Mariana imaginaba ver a cada instante la enorme cabeza de una temible serpiente, que introducía por la ventana hasta su cama, con intenciones de devorarla.

Las canciones de las criaturas de la noche terminaban con la luz del día, hora en que Mariana se levantaba a preparar el desayuno a su marido. Esa situación se repetía noche tras noche. El miedo y los nervios de la muchacha la llevo a la desesperación, hasta que un día después de tanto pensar y meditar sobre su vida, resolvió revelarse contra su marido y decidió hablar seriamente con él. Para ese momento ya había perdido la paciencia, obediencia y respeto por su esposo. Aunque la chica amaba a Daniel, pero las circunstancias y el desamor de su pareja la obligaron a tomar una decisión y creyendo que la solución sería muy justificada ante su familia.

Respirando profundamente para darse valor le dijo a su esposo, "¡Daniel! Me voy, quiero regresar con mi familia, necesito volver a mi pueblo, mis costumbres, además tú ya no me necesitas." Se veía en el rostro de Mariana que nada la detendría, ni los temidos pantanos plagados de horribles reptiles acechando a su presa. La inocente muchacha no se daba cuenta que estas palabras seria como una provocación al ego de su marido. El, más inteligente, ya tenía un plan listo para retener a la chica. El esposo escucho en silencio todos los reproches que la joven le hizo, simulando arrepentimiento y descuido que repararía con devoción y amor, pero la intención de Daniel era tenerla vigilada. Desde ese día cada amanecer la llevaba al gomal con pretexto de darle compañía.

Allá la chica conoció todas las dificultades y sacrificios que jamás imagino; ayudando a su marido a colocar las tichelas en los arboles de goma. Luego recogerlas a las tres de la tarde, llenas del líquido pegajoso para continuar con el proceso, concluyendo con las bolachas, todo en forma rudimentaria. Mientras los siringueros se dedicaban a la primera parte del trabajo, las moscas se les introducían a los ojos, nariz y boca. De los que se atrevieron a arrancar la resina de los árboles de su propiedad también el humo de los leños verdes los asfixiaba. Mariana en sus pocos años jamás tuvo la mala suerte de trabajar en algo parecido, más al contrario era una niña mimada por su familia. La mama jamás hubiera permitido nada parecido al trabajo del gomal.

Para la joven se le hacía imposible salir de aquel infierno que a cada minuto la asfixiaba más y más. Al final después de muchas noches de insomnio tomo una decisión. Creyendo que era la correcta le comunico a su esposo que se marchaba a su pueblo al lado de su familia. Extrañaba su casa, costumbres, alimentos y para llegar allá desafiaría pantanos, animales del monte, reptiles, hasta aparecidos, no tendría miedo a nada. Solo deseaba dejar las barracas, el gomal y aquel infierno verde.

Pero Mariana, no contaba con el destino. Daniel desde el día que su esposa le confió sus planes, cambio su carácter y se volvió todo miel y dulzura. Ocurrió algo inesperado para la pareja. La joven esposa se sentía enferma. Este contratiempo vino a complicar su situación. Nunca llegaría a una milla de distancia, ya que los desmayos no le permitían caminar. Los desvanecimientos se hacían más seguidos. Pasaba el tiempo y Mariana continuaba desmejorando. Necesitaba a su madre, pero de donde conseguirla. La frustración de la chica era abismal, hasta el marido le fallo, ¿cómo confiar en él? Daniel se vio obligado a que la atienda el sanitario de las barracas, pero este no sabía nada de medicinas y aconsejo llevarla a una consulta con un médico titulado.

El marido la traslado a la ciudad Rivera Alta. Allá el médico le confirmo la enfermedad de la joven esposa y aconsejo mucha tranquilidad y mejor alimentación. La debilidad y anemia de la mujer, hacía peligrar el embarazo de la jovencita. Daniel, al enterarse de la noticia quedo mudo, como al borde de un colapso. El descuidado marido no tuvo tiempo de darse cuenta exactamente lo que el médico explicaba a la pareja. Luego pregunto al galeno, como podía ser posible que su querida esposa pasara por momentos tan difíciles sin que él le diera la oportunidad de comprenderla. "Soy una bestia, soy una bestia," repetía sin cesar. Ella tenía razón para pensar abandonar a su esposo, antes de perder a su bebe.

Llegando a este punto, Daniel recién empezó a hacer conciencia y pensar con seriedad en su actual situación. Cada momento se recriminaba de ser un fracasado, un don nadie y desagradecido con su familia. Teniendo todo lo que quería en su casa, lo hecho por la borda, luego la locura de influir en sus hermanos a buscar algo, que tal vez jamás existió, el "Dorado," leyenda que alguien invento para divertirse de los ingenuos como él. Pero más le dolía haber alimentado la absurda idea en sus queridos hermanos.

No satisfecho con eso, ilusiono a una niña de diez y seis años, ofreciéndole matrimonio con todas las ventajas, que solamente una niña inocente como Mariana podía creer. Sin disponer de lo más indispensable, amor, seguridad, comprensión y una alimentación regular, a la que tenía derecho como futura madre. ¿Qué hacer? Él tampoco estaba preparado para ser padre. En su cabeza tenía un torbellino que no le permitía razonar, de acuerdo a su preparación intelectual. Pasaba las noches en vela, llorando de arrepentimiento y vergüenza, recordando a sus padres que trabajaron inculcándoles valores morales, que los tres hermanos no supieron aprovechar ni llevar a la práctica. Todo por culpa de él. Ahora, ¿En qué momento perdieron aquella enseñanza?

Capítulo 13

Una y mil veces Daniel comprometía a cambiar el modo de vivir, lo haría por su nombre y la sociedad, no defraudaría más a sus padres, ni a el mismo. El embarazo de su esposa, lejos de brindarle la felicidad que todo matrimonio ambiciona, le provocaba pesadillas durante las noches. Veía a su madre acusándolo de indolente, ingrato, interesado y ambicioso, ambicioso tal vez por algo que nunca existió. Porque para Daniel, el "Dorado" tenía más fuerza y poder que el amor familiar, hasta tuvo el coraje de arrastrar a sus hermanos al abismo de sus fantasías. Después de tantas meditaciones y esfuerzos creyó haber solucionado el problema.

Bueno...bueno...Daniel, desde hoy se convertiría en una persona responsable, digno servidor de la sociedad, en fin se prometió ser un hombre ejemplar. Le hizo partícipe a su esposa este compromiso. Trabajará el doble para ahorrar dinero. Dejarían el campamento, para buscar a sus hermanos. Una vez juntos, aunque la cara se le caiga de la vergüenza, todos retornarían al lado de sus padres, a la hacienda que a la fecha sería la más prospera de Sorata.

Daniel planeaba sin detenerse a pensar que algunas veces en la vida no se puede tener todo lo que se desea, puesto que otra vez le tocaría perder. De hoy en adelante, tendrá que verter lágrimas de sangre, ante las circunstancias que le tocara vivir. Su destino será postergar y postergar sus anhelos que ya los daba por realizados. Su signo decía que jamás cumpliría su sueño acariciado por tantos años y que él mismo los echo por la borda. Tampoco regresaría a su pueblo natal, siempre viviría condenado a mezclarse entre papeles, recuerdos, polvos del pasado y del olvido.

Los trabajadores del campamento, sabían de sus habilidades en el idioma Aymara y la guitarra. En lo sucesivo Daniel sería el invitado de honor durante las reuniones de los agotados y sufridos siringueros, que le llamaban cariñosamente el "Kollita." Eso por sus canciones en Aymara que él sabía hacerlas de maravilla llegar al alma, vida y corazón de los abandonados trabajadores. Daniel le cantaba a cada uno de sus amigos, arrancándoles lagrimas dolorosa de recuerdos, que luego alegraban su vida con unos traguitos de licor, decían para olvidar las penas. Después daban rienda suelta a sus sentimientos, con el triple de lo ingerido hasta perder el control de sus actos y promesas.

La personalidad de Daniel quedaba a salvo, gracias a las enseñanzas de sus padres. Los principios recibidos enaltecía su cultura, haciéndolo merecedor del respeto en las barracas, incluso del administrador, demostrando a plenitud, gentileza y buen carácter, cuando él quería demostrar su linaje.

Mariana, al recorrer mentalmente su vida, recordó que sus hijitos pronto cumplirían un año de nacidos. Hasta entonces Daniel parecía haber olvidado ser padre de dos niños, un precioso varoncito y una bella niña, que necesitaban urgentemente el Sacramento del Bautismo. Aunque Daniel deseaba para sus hijos un acontecimiento de categoría, como sus padres les dieron a ellos, para la pareja era imposible dejar el trabajo y arriesgarse a lo desconocido, en condiciones tan precarias, pues ahora Mariana esperaba otro niño y necesitaba un hogar seguro.

El cambio de planes retraso el viaje de la pareja al pueblo de Rurrenabaque, donde aseguraban fijar su residencia.

El administrador del gomal llego con la noticia de una visita importante. Llegaba un sacerdote de Riveralta a bautizar a los niños de gomal y alrededores. Mariana enterada de esta noticia, aprovecho el acontecimiento aunque de diferente manera y los mellizos tuvieron la suerte de recibir el Sacramento. De entre sus amigos eligieron a una pareja para encargarse de los nombres y llevarlos a la pila Bautismal. Los padrinos muy orgullosos del nombramiento pidieron permiso para elegir los nombres de sus ahijados. El varoncito se llamaría Lucio y la nena Teodora. Pasada la ceremonia empezó la fiesta que dos días según la costumbre de los siringueros. Entre bautizos, matrimonios y bendiciones de casas de nueva construcción, de los trabajadores que se independizaban de las barracas, entre ellos se encontraban Daniel y familia.

Pasaron algunas semanas y el gomal tuvo una noticia que jamás esperaron llegar a esos lugares. Daniel tenía una idea tan brillante como el sol, aprovechar las habitaciones desocupadas para convertirlas en aulas. El seria el profesor, puesto que era Bachiller en Humanidades. Sus compañeros quedaron contentos con el anuncio que las señoras lloraron de alegría, agradeciendo al cielo que al fin un alma noble tocaba el corazón de otro siringuero como ellos. Para ayudarlos con su familia, los trabajadores ofrecieron ayuda incondicional al bienhechor de la tierra olvidada por la sociedad. Daniel, con emoción, agradeció a sus compañeros de trabajo por ayudarlo a cumplir un secreto sueño acariciado desde que llego al gomal: Crear una escuela para niños y adultos. Él tenía capacidad para ser profesor y enseñar parte de su conocimiento a la gente necesitada de instrucción escolar. Primero enseñaría Urbanidad, tan esencial en adultos y niños. Luego las tres operaciones de cálculo. Por el momento sería suficiente. Después de un corto tiempo aunque un tanto rustica, la escuela Blanca Flor abrió sus puertas al público, que no llegaba a veinte entre niños y adultos.

La mañana de la inauguración de la escuela, Daniel con Mariana a su lado, esperaba a los habitantes de las barracas. La pareja muy formal y con sus mejores deseos de enseñar, recibieron al alumnado, familiares y amigos, para luego entonar las notas del Himno Nacional de Bolivia, canción que les inyectaba civismo y esperanza para ser mejores ciudadanos. Comprometiendo su palabra de hombre, a trabajar honradamente por el mejoramiento de los hermanos siringueros. Daniel profesor de cultura general, mariana de labores y mejoramiento del hogar, ella con el firme propósito de emplear los conocimientos brindados por una persona, que deseaba mantener su nombre en reserva.

El maestro dijo, en un sencillo discurso, que trabajar por mejores sueldos y trato humano a los siringueros, por la dignidad del trabajador, que arriesgan la vida por salarios tan bajos, en montes que para algunos servían de tumba.

Pasada la inauguración que fue emotiva y un desafío a la maraña salvaje, los esposos fueron nombrados pioneros, héroes, ángeles enviados del cielo. La verdad que el matrimonio merecía más honores y bendiciones de los trabajadores, mujeres y niños. Los más viejos del gomal decían que tragando saliva amarga recordaban como sus amigos o familiares fueron arrastrados monte adentro por los hambrientos tigres. Otros desaparecían tragados por los pantanos o devorados por los caminos, serpientes y otros animales que vivían en la selva y los curichis. Para Daniel era demasiada responsabilidad desde la creación de la escuela, pero le gustaba ser útil a sus semejantes y lo hacía con mucho gusto. Durante el día trabajaba de siringuero y por la noche daba clases a los adultos. Los niños estudiaban a tiempo completo los días sábado y domingo. Aunque no gozaba de ningún descanso durante el día, decía sentirse feliz, sus palabras eran, "me siento bien agradecido brindando luz a los necesitados, porque saber leer y escribir es una luz eterna en nuestro sendero que nos llevara al final de un túnel oscuro." La prueba era que la antigua barraca mudo testigo de tiempos pasados, surgió una escuela aunque en condiciones precarias, era un logro y que los trabajadores siempre anhelaron tener para sus hijos.

Durante las reuniones de los siringueros, estos agradecían al destino por brindarles un compañero que les comprenda y se preocupe por ellos. Blanca Flor empezaba a florecer como tocado por una Ada. Gracias al empuje de su gente se convertía en un caserío limpio rodeado de una gama de florecillas silvestres. Parecía increíble en un sitio inhóspito, apartado de la civilización. Era como un milagro, un triunfo conseguido con el esfuerzo de aquellos hombres.

Los siringueros aseguraban que los dueños de los gomales ignoraban las necesidades de su gente y que esos grandes adinerados jamás fueron conocidos en los centros de trabajo. Posiblemente ellos dedicaban su tiempo a recoger el fruto de sus propiedades sin preocuparse por las necesidades ni derechos de los trabajadores y familias que tuvieron la mala suerte de ser atrapados por esa inmensa maraña llena de peligros. Pero hubo un hombre llamado Daniel, que con esfuerzo, valentía y decisión lograría erradicar el analfabetismo de sus compañeros y familiares para darles un mañana más fructífero.

Capítulo 14

Los esposos notaban un adelanto excepcional en las mujeres y niñas del gomal y todo gracias a la enseñanza de Mariana. Pero preguntaban ¿qué hacia una señora con tanta cultura perdida en un infierno como era Blanca Flor? Ellos, ni el marido, conocían la historia secreta de la joven señora. Mariana era una niña indefensa cuando llego a las Barracas. Allí pobre muchachita vivía abandonada a su suerte. El marido la trataba con desconsideración y despotismo. Durante su primer embarazo se quedaba sola en la barraca, actitud que conmovió a una observadora secreta, ofreciendo su amistad y compañía a la futura mama.

La abuela Asunta y la joven embarazada se hicieron amigas pese a la diferencia de edades. En un momento de nostálgicos recuerdos, la anciana le confió el motivo de su estadía en el gomal. Pues Asunta fue una muchacha muy estudiosa en el seno familiar, su inquietud e interés la premiaron porque aprendió todo lo que se propuso en su corta vida. Hizo el destino que Asunta se conociera con un apuesto joven y se enamorara locamente. El muchacho se preparaba para un examen de ingreso al Colegio Militar del Ejército, pero hizo el destino que no pasara la prueba, aunque era importante para su futuro, lo único que tendría para ofrecerle a su esposa. Los suegros, cuando se enteraron de la situación, les prohibieron sus relaciones amorosas bajo drásticas amenazas. Y fue el motivo por el que huyeron tomando el camino equivocado. Lejos del hogar, las necesidades fueron tan grandes que los obligaron en enrollarse en un grupo de gente desconocida, que viajaba hacia el Beni, primera estación del Vía Crucis. Luego fueron trasladados por el río a los montes. Los asignaron en unas barracas sin considerar el grado de instrucción, confundiéndolos con los demás rebeldes del grupo.

Allí Asunta tuvo dos hijos. Su esposo murió, mordido por una culebra venenosa y los dos hijos también murieron, uno pereció en las fauces de un caimán y el otro fue succionado por las arenas movedizas de un curichi...ahora vivía sola. El tiempo la convirtió en una noble ancianita que caminaba como un fantasma por los alrededores. Solamente Mariana la trataba con respeto y afecto. En retribución a las atenciones de la muchacha, se prometió enseñarle todo lo que ella había aprendido del déspota marido, aunque ahora demostraba haber cambiado su trato con la chica. De esa escuela se graduó Mariana y lo hizo con honores. Gracias a la humilde ancianita, la muchacha ahora se había transformado en todo una mujer con una personalidad increíble. De la débil y sumisa niña no quedaba ni la sombra. Ahora era una mayor inteligente, activa y creativa con una personalidad increíble, para enfrentar las dificultades de la vida. Abnegada madre de cuatro hijos, en fin, una gran mujer con carácter y mucha visión para los negocios. Prometía convertirse en una gran industrial, aprovechando cuanto proyecto llegaba a su mente.

Mientras enseñaba en la escuela, su ingenio la condujo al acopio del material de trabajo, impulsándola a fortalecer su economía. Con una gran cantidad de corteza de Bambú, puso en práctica sus planes y en ellos todos su deseo de triunfar. Todo aquel logro lo consiguió, gracias a la milagrosa corteza de una sencilla planta silvestre. Como guiada por una iluminación divina arrancó su naciente empresa manufacturera. Primero aprendió a tejer con la corteza para luego tejer y confeccionar unos sombreros que Mariana los trabajaba con increíble maestría, llamados Pajizos. Una ocasión el administrador de la barraca viajo a un pueblo fronterizo con el Brasil y allí los presento. El hombre quedo sorprendido por la cantidad de compradores y elogiado por el fino acabado de la obra. Mariana, orgullosa y entusiasmada, continúo con más ánimo el trabajo de los Pajizos. Amplió su comercio en mayor escala, que algunas veces competían con los de importación en el fino acabado.

Desde entonces el administrador de la barraca quería secretamente compartir el negocio, ofreciendo sus servicios como jefe de ventas. Era increíble el cambio de la sumisa niña que un día llegó a esos montes inhóspitos. Ahora era una señora muy admirada y respetada en el gomal. Pero, ¿en que quedaba el compromiso del retorno al Puerto y porqué el contraído se dilataba dos años más?

Tesoros escondidos, dineros fáciles de ganar quedaron en el olvido. Al fin Daniel comprendió que todo aquello solo era una quimera, creado por la mente de un muchacho alocado. Ahora era padre de cuatro niños, suficiente para pensar en un mejor futuro para su familia.

Mariana, agradecida al Cielo por iluminar su camino y aclara sus idea creativas. Daniel se convirtió en un gran profesor y la pareja era un ejemplo de superación, que sus amigos siringueros recordarían siempre.

Nada quedaba de los muchachos, que un día llegaron a esas soledades, con lo más indispensable para vivir. La única esperanza que los mantuvo juntos fue el miedo a la soledad y lo desconocido, apoyándose en su amor, para sobrellevar las penurias y prejuicios familiares.

Por ejemplo, en una ocasión cuatro compañeros fueron de cacería. Ya se encontraban lejos de las barracas, cuando el más antiguo se detuvo como presintiendo un peligro. Era el silbido de una enorme serpiente, que poseía el poder de atracción, mediante suaves y cortos silbidos atrapada a su presa. Pero los siringueros más avezados al monte y a esos peligros habían aprendido a reconocer la manera de cazar del animal para sobrevivir. El secreto para contra restar el poder de la serpiente consiste en tomar un filoso machete, colocar el brazo estirado hacia adelante, a la altura del hombro girando el machete constantemente de izquierda a derecha, para salir del circulo controlado por el animal y así anular su poder.

Daniel, esposa e hijos, se concentraron tanto en el trabajo, que no se dieron cuenta en el cambio de Daniel. Desde la llegada de la cacería, estaba triste, deprimido, pensativo. Al parecer el gomal le indujo a abandonar el lugar que ya amaba. Pidió que lo disculparan por tenerlos alejados de la familia y del pueblo que era tan importante para la formación de sus hijos. Luego buscaría a sus hermanos. Por alguna razón pensaba que ellos lo buscaban en lugares equivocados. Por la noche escuchaba los gritos de Gervasio e Isidoro llamando a su hermano Daniel, sin imaginar que él estaba atrapado en la selva ocultando la vergüenza de sus fracasos, que los asfixiaba y martirizaba con su silencio. Teodorita, hija mayor del matrimonio, pedía a sus padres seguridad, tranquilidad y escuela para sus hermanos menores.

Tres Amigos, Un Destino

Mariana meditaba mucho, pidiendo ayuda al alma de la buena anciana Roció Núñez del Prado, nombre verdadero de Asunta, que fue cambiado por vergüenza, seguridad y amor a su esposo, que en sus años mozos fue Postulante al Colegio Militar del Ejército Boliviano.

La gente reunida en el patio de la barraca, era señal de la partida definitiva de Daniel y familia. Los buenos amigos que se marchaban les auguraban mejor suerte a los que quedaban en la selva y pronto retorno a la civilización, que siempre en ellos tendrán buenos amigos. Ignoraban lo que el destino les tenia escrito. La gente de la barraca les despidió, pero otro grupo los acompaño hasta la orilla del rio, olvidando los peligros del monte. El grupo de mujeres y niños caminaron durante un día, pero tuvieron la suerte de verlos embarcarse a sus queridos amigos.

Al día siguiente escucharon el sonido de un viejo motor que penas funcionaba, era el esperado Batelón. Los niños nerviosos al ver caras de personas desconocidas se abrazaban entre ellos, a sus padres o a los del gomal. Hombres y mujeres lloraban, los varones porque no tenían la oportunidad de volver al lado de su familia. Las mujeres agradecían profundamente a la joven maestra de talleres, manualidades, consejera y buena madre y amiga.

Mariana levantaba sus ojos al cielo agradeciendo a Roció Asunta por enseñarle tantas cosas, cosas que aprendió en la Universidad y vida cotidiana. Desde el más allá, Roció, orgullosa y satisfecha le sonreirá a la Benianita, por haber aprendido y enseñado a las mujeres de aquel monte olvidado por la sociedad. Inclusive hacía el trabajo de matrona trayendo niños al mundo cuando el sanitario se ausentaba de la barraca.

Todo marchaba bien, pero...una leve desconfianza sentía en su interior. Ella se preguntaba el motivo, un presentimiento, ¿qué le depararía el destino fuera de la selva, en su pueblo natal? Si pudiera saber para evitarlo. Listos para la última partida, ahora el Batelón se llevaría a Daniel y familia. El Batelón es una embarcación rustica, en forma de lancha o bote, pero grande; consta de un segundo piso con techo de palma para pasajeros especiales. Solamente esas embarcaciones podían navegar por el caudaloso rio Beni; plagado de peces y animales peligrosos. Daniel se despedía de los montes y sus peligros, a los que ya se había acostumbrado a quererlos. Los que se quedaban en los olvidados montes, agitaban blancos pañuelos, contemplando aquella mole de maderas viejas y fierros que se llevaban a sus amigos considerados parte de la familia, del gomal y sus habitantes. La embarcación se perdía poco a poco en la distancia, confundiéndose el cielo y las aguas.

Capítulo 15

El viaje para los hijos de Daniel fue una novedad. Lucio abrazaba fuertemente a su hermanita Teodora, sin descuidar a las otras niñas. Al parecer imaginaba que serían tragados por la inmensa masa de agua turbia. Lucio nunca había visto un rio grande y menos el mar. Su mente infantil imaginaba ser devorada por las aguas y sentía tanto miedo como en la selva. Mariana no apartaba los ojos del cielo, agradeciendo a Roció – Asunta todo lo que ella pudo y supo hacer en su vida de estudiante de ciudad. También rezaba para que Dios la ilumine dándole paciencia y sabiduría para conducir a su familia.

Pero Daniel, hombre con más roce social, era fácil hacer amigos, lo pasaba feliz contando sus experiencias en el monte. Los gomales, curiches y todos los peligros de la selva habían perdido su valor, ahora que se encontraba bien sentado y protegido por los empleados del Batelón. El viaje para los niños fue lleno de nerviosismo y sorpresas, unas agradables y otras lamentablemente terroríficas para su edad. Los lugares de descanso eran conocidos, la orilla del rio y las estrellas los cobijaban. A esas horas de la noche, Daniel aprovechaba para deleitar a los pasajeros con sus cantos aprendidos en su pueblo natal, notas tristonas y muy significativas sacadas de su guitarra; guitarra tocada con maestría, canciones que traen al recuerdo inolvidables momentos de solaz junto a sus familiares.

Daniel poseía la virtud de alegrar el alma del sufrido. Esta vez compañeros de viaje o tal vez de infortuna, disipando la tristeza, que solamente el reconocía de afecto.

Durante el viaje, Mariana no dejaba pasar un momento sin hacer planes para un futuro no muy lejano. Sus pensamientos dominaban su mente y relucía sus creaciones, su negocio, la fábrica que pensaba instalar en Rurrenabaque; ya sentía la admiración de su gente, de su pueblo. Todo lograría con el apoyo familiar, la constancia e inteligencia de su esposo. La muchacha aseguraba que nada detendría llegar a conquistar su ideal, meta fija de sus aspiraciones.

Después de algunos días de agotadora navegación, se enteraron que ya estaban en aguas de Rurrenabaque que "el Puerto," lugar tan recordado y querido por la entonces niña, que ahora retornaba convertida en una admirable mujer de 27 años. Un profundo suspiro surgió de su pecho. Al fin respiraba el aire de su tierra su adorado Rurrenabaque. Imaginaba saborear el delicioso charque Asao, el masaco con el deliciosos y aromático chocolate, un riquísimo majao pan de arroz, en fin todos los manjares conocidos en su niñez.

Al fin el Batelón encosto en su adorado Puerto donde quedaron todas sus ilusiones de niña feliz, junto a su familia y amistades. Ahora Mariana regresaba convertida en toda una mujer dispuesta a trabajar ayudando al progreso del pueblo. Ya la gente se preparaba para bajar a tierra firme. Entre ellos la familia de Daniel, deseando ansiosamente abrazar a su familia, aunque ya nadie esperaba la llegada de la pareja y menos verlos con cuatro hijos.

Pero ahora se presentaba un hombre, ¿con que argumento llegar a la casa paterna? Si no estaban preparados para el encuentro. ¿Qué hacer? Mariana y Daniel enseñaron a sus hijos Lucio y Teodora, para dar la sorpresa en casa de sus abuelos Felipe y María, padres de la cambita. Mariana contemplaba su pueblo sin urbanizar aun, pero a ella le parecía el mejor del mundo. Algunas casas con la misma estructura, aunque viejas, seguían bellas. Las calles no eran más que amplios senderos, con pequeños charcos de barro. Otras señoras, pasaban por su lado sin reconocerla, llevando en la cabeza cestas con plátanos o yucas. Los animales de corral caminaban por las calles sin temor a perderse o a equivocarse de vivienda. Mariana caminaba enseñando a sus hijos el pueblo. Para los niños, era novedoso recorrer un pueblo tan grande comparado con Blanca Flor.

Mariana les decía, "bueno muchachos, a trabajar como les indicamos. Aquella es la casa de los abuelitos, acérquense y hagan lo que les enseñamos." Lucio y Teodora se aproximaron a la casa casi con miedo y suavemente tacaron la puerta llamando, señora...señora. Desde adentro respondió una voz, ¿que desean? ¿En qué puedo servirles pues? Y apareció una señora para mirar a los dueños de aquellas vocecitas. Pero cuando vio a los chiquillos exclamo, si son dos criaturas. Enseguida los sometió a un interrogatorio: "¿por qué caminan solos? ¿Dónde están sus padres?" Los muchachitos, como les indicaron sus padres, informaron a la buena señora María que buscaban a su padre, que hicieron el viaje solos. La respuesta les asusto, "Santo cielo, que los Ángeles los cuiden. ¿Cómo se llama ese desalmado? Felipe, mira no más como estos angelitos buscan a su padre; ¿cómo se llama ese inconsciente? Al enterarse del nombre completo de su padre, la señora con débil voz alcanzo a decir "el cielo me ampare, tal vez ustedes son mis nietos." Al mismo tiempo, Felipe y María escucharon una voz de mujer que respondía a gritos, apareciendo tras una esquina, "mamita, mamacita son sus nietos que hemos regresado todos estamos aquí, también Daniel su yerno pues." Primero la sorpresa paralizo a la buena abuela María, que desde ese momento hubo un cambio tremendo en la casa. ¿Porqué no decirlo en el ambiente de las amistades del pueblo también? No se hicieron esperar los abrazos, llantos de alegría preguntas sin respuesta, porque Daniel no podía complacer a todos a la vez explicando la ausencia del matrimonio. En fin aquel encuentro se convirtió en un revoltillo que los obligaba a cambiar de conversación.

Los niños de Mariana lloraban porque no estaban acostumbrados al bullicio de tanta gente. Ese tren de vida alteraba el sistema de los muchachos. El matrimonio no tuvo tiempo para descansar con todas las invitaciones y retribuciones paternas. Por algunas semanas llevaron una vida muy agitada, aunque tenían en mente que necesitaban su propio espacio. Los recién llegados tenían urgencia de planear su futuro los hijos reclamaban su casa y privacidad. La vivienda de los abuelos quedaba pequeña para las dos familias.

Mariana era más realista que su marido. Durante las noches ya había formado un plan de vivienda modesta, pero segura, en la que vivirían cómodamente; mas tres cuartos grandes para instalar su taller, contratar obreros, así ayudaría a sus familiares y mujeres desocupadas, que deseen aprender manualidades y a la vez ganar algún dinero. La joven empresaria acompañada de sus hijos se dieron a la tarea de buscar casa, para comprar o rentar pero ante la imposibilidad de encontrar una vivienda adecuada, decidieron comprar un terreno grande y construir en él. En unos meses tenían la casa terminada. Ahora faltaba lo más importante, la distribución de los cuartos, estos serían unos para la vivienda y otros para los talleres. Aunque Mariana estaba al lado del esposo, a él parecía no interesarle mucho la situación o tal vez no entendía lo que ocurría a su alrededor. Sus amigos absorbían su tiempo en guitarreadas trasnochadoras; motivo del comienzo de los desacuerdos matrimoniales. También se negaba a cumplir el compromiso contraído en los gomales.

Mariana lloraba, se sentía defraudada y triste. Claro que su familia le brindaría el apoyo necesario si lo pedía. Ella no quería molestarlos con sus quejas y menos decir que su marido la abandonaba a su suerte cuando más necesitaba ayuda, comprensión dirección y compañía en el trabajo que ella sola emprendió como un aporte al matrimonio, pensando siempre en el mejoramiento familiar. Ahora Daniel acompañado de sus amigos, guitarra y licor, la pasaba muy feliz; ingería la bebida para ahogar las penas de no conseguir un trabajo adecuado a su capacidad. De mareado dijo alguna vez: "Hasta ahora eh trabajado como esclavo. Quiero descansar, departir con mis amigos- todo el sufrimiento pasado en los montes de Blanca Flor." Mientras Mariana trabajaba hasta altas horas de la noche. Al día siguiente sentía el cansancio agotador de tanto ajetreo, ocultando la realidad ante su familia.

Mariana no atinaba a encontrar una solución hasta que al fin, obligada por su desesperación y sentir la frustración de sus sueños, tomo la decisión de cerrar la mini factoría. Aunque con lágrimas de impotencia y pena que le causo el trabajo en sus comienzos, pensando en un futuro para la familia. Pero sus desvelos fueron frustrados por negligencia de su compañero. Hasta que un día, Mariana con mucha tristeza y lágrimas, recogió las herramientas, despidió a los pocos trabajadores que aun la acompañaban y cerro el taller, taller que tantos esfuerzos y paciencia le costó. Ilusiones y aspiraciones rodaron por los suelos todos por falta de cooperación del marido. Ahora se arrepentía haber salido de Blanca Flor. El retorno a su pueblo tal vez le costaría la ruptura de su matrimonio.

Para Daniel fue bastante ver la determinación de su esposa, para tratar de recuperar el tiempo perdido. Pero ella le advirtió que desde ese día él como jefe de familia seria el responsable de proveer todo lo necesario al hogar. Él dijo: "Yo trabajé mucho para salvar mi matrimonio y lo hice con gusto por mis hijos, de hoy en adelante tú serás el padre responsable de nosotros; yo seré solamente ama de casa."

La familia empezó a sufrir privaciones. El sueldo de Daniel era inferior a los gastos. Lucio y Teodora fueron los más afectados, buscando ganar algún dinero para sus hermanos.

En ese ínterin a Daniel le llego una noticia esperada. Durante años en la carta le indicaba que con seguridad sus hermanos se encontraban asentados en las márgenes del Rio Escondido. Ese lugar quedaba en los rumbos de la parte alta del Beni, a considerable distancia de Rurrenabaque, que hacía muchos años fue habitado por monjes solitarios. Pero dicen los naturales que esas buenas personas cambiaron sus costumbres conociendo el estado calamitoso en que habitaba su gente. Los portadores de la carta no podían exactamente indicar el lugar de las viviendas de los perdidos hermanos.

Para el desesperado Daniel fue un dato que valía un millón; saber que Gervasio e Isidoro estaban vivos se propuso encontrarlos. Pasaba las noches en vela, planificando el viaje. Tropezaba con un problema, su familia que no quería abandonar a su suerte ahora que se componía de siete personas. Por otro lado no contaba con dinero ahorrado, puesto que la esposa ya no aportaba nada al hogar. Se sentía tan avergonzado y arrepentido de no escuchar los ruegos de Mariana. Su cuñado al ver la desesperación y tristeza de Daniel, le brindo su ayuda. Sacándolo del apuro le prestó dinero necesario para el viaje y con las consabidas recomendaciones de su pronta restitución.

Daniel con la alegría de un adolescente, habló con sus hijos y a la vez fue preparando el viaje al sitio indicado, con la seguridad de encontrarlos a sus hermanos. Inclusive preparo un discurso, por si hubiera alguna reunión, para dirigirse a la concurrencia. Para su esposa era satisfactorio ver en su marido tanto amor guardado, para brindarles a sus hermanos. Ojala sean merecedores de tanta devoción. El ahorraba hasta el último centavo para compartir con ellos. Estaba consciente que costaría mucho dinero el traslado del grupo por el rio, hasta los montes del Beni, lado opuesto al que ellos conocían. Los niños eran obedientes, aunque ellos no querían, tuvieron que dejar la escuela. Se opusieron los abuelos a que sus nietos dejaran las aulas; pero Daniel hizo valer sus derechos de padre.

Mariana terriblemente molesta dijo a su marido que ella no viajaba, puesto que no quería perjudicar de la escuela a sus hijos. Pero como Daniel tenia bonita labia cuando quería conseguir alguna cosa, la convenció. Llego el momento de la partida. Daniel era el único contento. Mariana no dejaba traslucir sus sentimientos, pero rezaba mucho, pidiendo a Dios que su marido escuche las suplicas de sus hijos y reflexione a tiempo para tomar una mejor decisión.

Capítulo 16

Después de las incomodidades del largo viaje los niños se encontraban ya en Huassi. Tratando de adaptarse y recuperar la salud, la sencillez de sus habitantes hacía que el caserío fuera aceptable. Pero los mosquitos, mariposas nocturnas y otros insectos, hacían que la vida fuera un infierno para los débiles chiquillos.

La prudencia y el tiempo lluvioso aconsejaban esperar que cesaran las riadas, para continuar viaje hasta culminar sus propósitos. En cuanto mejoro el tiempo la familia volvió a su triste peregrinar, enterándose que realmente sus hermanos estuvieron por esos rumbos, que para seguridad de sus familia, se trasladaron a Misiones Unidas, que distaba mucho del sitio que se encontraba Daniel. Un nativo le aconsejo no confiar en desconocidos. Podría tratarse de algún grupo de forasteros; con familia y sin un guía es peligroso aventurarse por esos lugares.

A Daniel le cayó como un rayo la advertencia. Se acordó de sus padres y suplico perdón por las locuras cometidas en su vida. La razón le pedía abandonar la búsqueda pero su corazón lo impulsaba encontrar a Gervasio e Isidoro. Pero el destino ya estaba escrito. Destino al que ha tenido que enfrentarse, del que siempre salía perdiendo, ahora, también, creía ver en ese viaje, la posibilidad de separarse de sus amigos. A la vez, esperaba el milagro de juntarse con sus hermanos. ¿Sería amor o solo la responsabilidad ante sus padres?

Mariana ya no confiaba en su marido. Prefería a Daniel el Siringuero. Lucio y Teodora, en pocos días cumplirían catorce años. Ella ya era una señorita. La familia se componía de siete personas. Mariana no ganaba ningún dinero, solo esperaba que su marido cumpla con la familia como ella lo hizo anteriormente.

Llego la hora de partir a la búsqueda de los hermanos perdidos. La familia temerosa abandonaba Rurrenabaque. La esposa sentada en una balsa, abrazada a su bebe, los niños con la preocupación reflejada en sus caritas, con los ojitos llorosos, llenos de miedo a lo desconocido. El viaje de la madre y los niños fue por obediencia a la autoridad del padre. A los chicos les afecto, el ajetreo del viaje y las incomodidades de la balsa. Para que descansen hacían escalas hasta de dos días. Los hermanos mayores se daban cuenta perfectamente de lo que ocurría con sus padres. Ellos exigían regresar a casa de los abuelos. A lo contrario, todos volverían a regresar a Rurrenabaque o Blanca Flor. Lucio a sus catorce años demostraba mucha sensatez y dijo a su padre: "Allí tu no bebes licor, ni peleas con mami, aquí solo se ve monte y agua, no hay escuelas ni el progreso que nos ofrecieron cuando salimos de Blanca Flor. Teodora y yo, solo vemos discusiones y reproches entre ustedes. Nosotros queremos retornar a Rurrenabaque con abuelitos, pero ustedes se oponen. Entonces, ¿qué hacemos con mis hermanitos? Papa, mama, digan nos por favor ¿qué hacemos?"

Así entre discusiones y palabrerías llegaron al Rio Corsario Azul, apto para surcar en embarcaciones a motor. Pero en ese tiempo aún no había llegado el progreso por aquellas zonas olvidadas por las autoridades gubernamentales y la sociedad. El rio Corsario Azul, era amplio, profundo de aguas turbias, la mirada a sus aguas imponía respeto y admiración. En sus márgenes, aun existían vestigios de campamentos abandonados. Las guías explicaban que esas villas pertenecían a los "Napos" que ahora ocupaban otros lugares, por los que ellos tenían que pasar, o convivir junto a ese grupo étnico. El carácter de la gente fuereña era conocido, pero los "Napos" eran más querendones. En su pobreza ellos deseaban ser obsequiosos, útiles y les gustaba enseñar lo que sabían.

La esposa e hijos, se negaron a internarse más en monte adentro. Retornaban o se quedaban adonde estaban. Mariana dijo, "basta, hasta aquí duró mi obediencia, ya no más. Estoy aburrida y cansada de andar como un Nómada. No puedo ser alojada por más tiempo. ¿No te das cuenta Daniel que la familia ha crecido? Me haces una casa o retorno a casa de mis padres y la casa de allá la voy a rentar para ayudar a mis hijos o al final veré lo que hago." Para Daniel era sorpresiva la reacción de Mariana y no le quedó más que comprometerse ante su familia retornar lo antes posible al lugar que ellos quisieran. Antes debía cumplir una sagrada obligación. Encontrar a sus hermanos y entregarlos a sus padres Don Alejandro Santiesteban y Doña Victoria Villares. Luego se dedicaría íntegramente a su familia.

Daniel cumplió con hacerles la casa. En los alrededores sembraron hortalizas, y lo necesario para la canasta familiar. El día que menos esperaban concluyó la paz en el hogar de Daniel. Tres forasteros llegaron buscando hospedaje en la región, pero como no encontraron, pidieron alojamiento a Daniel. Este con mucho gusto les brindó su casa. En una conversación informal, los hombres mencionaron los nombres de Gervasio e Isidoro Santiesteban. Ahí surgió el milagro. Ese fue el alerta para Daniel, que luego los sometió a un interrogatorio salvador.

Daniel aprendió que cada uno de ellos disponía de comodidades y se los veía felices junto a su familia. Gervasio e Isidoro radicarían, según ellos, definitivamente en un lugar llamado el Mirador. Precioso lugar, cercano a un pueblo medianamente organizado. Gervasio tenía cuatro hijos, Yadira, Antonio, Pedro y Alcira; todos estudiantes de escuelas urbanas. Yadira a su edad era ayudante de enfermera y los varones también tenían lo suyo. Todos los muchachos inclusive las niñas eran hábiles cazadores, pescadores, en fin bien preparados para hacerle frente a la naturaleza.

Daniel y Gervasio por alguna razón, hablaron poco de Isidoro. Cambiaron completamente los conceptos de Daniel. Ahora sentía la obligación de preparar mejor a sus hijos, pero ya era tarde, sus hijos siempre estarían un poco rezagados. Por momentos se arrepentía de tanto desvelo. Gervasio no perdió el tiempo como él lo hizo. Mariana dócil obediente pero excelente madre y ama de casa no perdió el tiempo en reclamos ni reproches al marido. Al contrario su tiempo lo invertía en algo más importante. Al ver la necesidad del lugar se propuso enseñar puericultura y mejoramiento del hogar a las señoras de la pequeña villa, también algunas cosas necesarias para conservar los alimentos y la salud de los niños. Para ella enseñar era un credo, era repetir la historia de su vida, era retroceder a tiempos lejanos, cuando su maestra Fé Roció Núñez del Prado y ella una indefensa chiquilla. Mariana se sentía útil y feliz, reduciendo y confeccionando prendas de vestir, junto a las mujeres que recorrían largas distancia, para pasar el día con su maestra. Entre ellas había mujeres ancianas, costurando manualmente para sus nietos.

Pasadas dos semanas y media más o menos, Gervasio anuncio una fiesta de presentación a su hermano Daniel y familia, también estaría Isidoro y familia. Los naturales fueron los más curiosos del emocionante momento. El encuentro de los hermanos fue tan diferente, cariñoso, tierno. Lloraron tanto que arrancaron lágrimas, hasta de las personas que parecían tener corazón de piedra. Era tan diferente al primer encuentro, que Mariana no podía creer que aquello fuera verdad. En esa época, fueron pocos los hombres sentimentales, puesto que la mayoría de ellos pertenecían a diferentes Etnias. Los hermanos Santiesteban parecían trillizos. El transcurso del tiempo los había marcado con más edad.

Las esposas e hijos, mudos por la sorpresa, miraban callados a aquel cuadro que era digno de ser plasmado para la historia. Esa noche conversaron hasta el amanecer, narrando sus alegrías, penas y frustraciones. Luego vino a la conversación el motivo de su presencia en aquellas lejanas tierras, inclusive perjudicando la educación de sus hijos y soportando recriminaciones de su esposa. Ahora que los encontró su deber moral lo obligaba conducirlos a la casa paterna. Luego ellos verían el rumbo seguir, de esa manera se libraría de su compromiso y su conciencia quedaría tranquila y recién dedicaría todo su tiempo a su familia, que por años la tenía olvidada. Isidoro fue el primero en responder: "Lo siento hermano, de verás que lo siento, en dos semanas dejare Flor de Mayo. Me marcho de la región, sin dirección fija. Ya estoy cansado de ser un aventurero, como tú me enseñaste hermano, con la diferencia que sigo soltero y sin obligaciones matrimoniales. A mis años, no aspiro más de lo que tengo, una fiel compañera y amiga, madre de dos hijos huérfanos a los que reconocí como a míos, logrando el amoroso apoyo de los muchachos. Entre nosotros nació un incomparable cariño compresión y respeto."

Entre Yadira y Teodora se afianzaban cada día más los lazos familiares y por de todos los primos, que eslabón a eslabón se fue cerrando esa preciosa cadena perdida en los peligrosos montes del departamento al que pertenecían.

Los hermanos se querían pero era notorio que algo les incomodaba, quizás ¿renació el recuerdo del abandono que sufrieron? Con todo y eso los tres pasaron una semana de sueños realizados para Daniel. Durante años espero implorando al Altísimo que le diera la oportunidad de reunirse con su familia, aunque su situación económica estuviera un tanto resentida.

Una mañana de esplendoroso día, Isidoro apareció en casa de Gervasio y les dijo con tristeza: "ha llegado la hora de la partida, estaré en la orilla del rio, como hasta medio día. Antes quería conversar con ustedes, mientras las mujeres preparan el "Tapeque." Daniel no quiero reprocharte ni amargarte la vida, porque yo sé, como son esas amarguras. Narraste tu desesperación por encontrarnos y llevarnos a casa de nuestro padres, pero mi hermano, ¿con que cara llegaríamos a casa? Estamos convertidos en nómadas. Para mí se terminó todo lo que llevaba encima, en la mente y el corazón." Isidoro continuo: "No culpo a nadie por mis malas acciones, yo no supe escuchar los consejos de nuestros padres. Ahora tengo que bajar la cabeza y callar, siempre callar ante el recuerdo de la terrible realidad. ¿Cómo me arrepentí no haber reflexionado y analizado lo que estuve haciendo? ¿Y por qué lo hice? ¿Acaso a esa edad yo no tenía personalidad para tomar una decisión? ¿Cómo pude darle semejante dolor a mi querida madrecita? Es inconcebible lo que hice. Por ese miedo no quiero tener hijos.

Seguramente el mundo está lleno de insensatos como yo, que dejan su hogar, por correr tras una quimera. No lo hagan muchachos," dijo Isidoro, "la familia es un vínculo sagrado, que no conoce barreras. No busco lastimar a nadie con mis palabras porque yo, solo yo, soy el culpable de mis errores." Fijando la vista en la profundidad del monte dijo: "cuando me mordió una culebra venenosa, lloré tanto, tanto, hasta que mis ojos quedaron secos de tanto verter lágrimas, llamando a mi madre y ella no estaba a mi lado. Sé que en mi delirio le pedía perdón, pero Doña Victoria no me escuchaba. Vaya, vaya no sé porque estoy recordando el pasado; si prometí enterrarlo en lo más profundo de mi corazón." Isidoro añadió: "ante ustedes me declaro un ingrato, en fin un mal hijo. Por esa experiencia me tomo la libertad de gritar: Muchachos escuchen los consejos de sus padres, ellos siempre desean lo mejor para sus hijos. Daniel quiero pedirte un favor, posiblemente sea el último, no te presiono pero me gustaría mucho aceptaras mi pedido. Hermano, te cambio tu mansión de Santa Rosa con la mía, que se encuentra cerca a la de Gervasio, así estarán en la misma zona. Aquí tus hijos aprenderán a cazar, pescar y conducirse en el monte. No desconfíes, yo me marcho y no pienso regresar. Me voy buscando algo mejor para mis muchachos. Ellos me acompañaron desde niños y es justo que ahora yo piense dejarles un futuro. A tu esposa la quieren las mujeres de la zona. Esas humildes señoras aprendieron mucho en poco tiempo. Mariana desea enseñarles a leer y escribir o por lo menos a firmar."

Daniel le respondió con tristeza: "agradezco tu interés hermanito, pero no podemos quedarnos nosotros. También retornamos a Rurrenabaque. Llegué hasta aquí pensando llevarlos a casa de nuestros padres, pero como no fue posible, yo también me pierdo en el tiempo y el olvido."

Llegaron a orillas de los dos ríos, se abrazaron y la balsa, siempre una balsa, se llevó a su familia, quedando Daniel, sus esperanzas, alegrías, frustraciones, en la más terrible soledad. Esa noche, la pasó llorando amargamente, tal vez maldiciendo al "Dorado." Respiró profundo y dijo capítulo cerrado.

Capítulo 17

Al día siguiente por la tarde, Daniel y familia retornaban a su casa de Santa Rosa, llevando nueva visión para un futuro próximo. Ahora se lo veía sereno y fuerte. Recién hizo conciencia de todo lo perdido, pero aun no pensó fuera tarde para reivindicarse de sus errores.

Reunió a su familia para comprometerse bajo palabra de hombre, que el trabajaría incansablemente hasta lograr superar su descuido. De hoy en adelante sería un padre dedicado a su familia y al o bueno que la vida les depare. Pobre familia, jamás pensaron que siempre llevarían a cuestas los eslabones de la cadena de sufrimientos de sus progenitores.

El destino puso su sello en esas inocentes criaturas que nada tenían que ver con los problemas de los mayores. Los alerto el interés de David por Teodora, pero ya era tarde. Hacía meses que la niña era atraída por un joven vendedor ambulante, de mercadería al detalle. El chico admiraba la belleza, responsabilidad y tributos que adornaban a la Benianita y deseaba conservar tan bella flor en su jardín. A su edad era una excelente ama de casa y excelente compañera. David hablo con Daniel y Mariana para formalizar el compromiso y luego fijar fecha para la boda.

Daniel exclamo: "Boda, ¿de qué boda estás hablando David? Nosotros no sabemos nada; ¿de dónde salió tamaña locura? Ahora nos sorprendes con un compromiso con mi hija. No podemos responder nada hasta hablar con Teodora, ella es una niña, no está preparada aun para el matrimonio, recién está por cumplir dieciséis años. Nosotros queremos escuchar los argumentos que la llevaron a tomar una decisión tan seria, inesperada y desconocida para su familia. Esto sí que me está incomodando muchísimo."

Cuando Mariana hablo con su hija, quedo azorada, recién pensó donde y cuando había dejado el rol de madre. El dinero es indispensable en la vida, pero es más necesaria la confianza de una hija con su madre. La niña le abrió su corazón con estas palabras: "Mamita, antes de comenzar a hablar, le pido mil perdones aunque mi argumento no le aclare mis frustraciones como yo espero. Le pido mamita recuerde la vida que llevamos hasta ahora. Mamacita, antes de abrirle mi corazón, le pido mil perdones por no hacerlo antes. Yo no sé cómo es estar enamorada, solo sé que al lado de David siento seguridad, tranquilidad y paz en mi alma y creo que casándome con el tendré un hogar estable, una casita propia y de mis hermanitos. David es un hombre trabajador. Estoy segura que me lo dará porque me prometió." Teodora siguió: "Estoy cansada y aburrida, en un lugar y otro. A mi edad pienso que esa no es vida para una familia de siete personas, ni para usted mama. Papa perdió mucho tiempo, primero pensando buscar a sus hermanos y luego aferrándose al licor. Lo que más me apena que ninguno de nosotros terminó la escuela. Viste con el orgullo que Yadira enseña a sus amistades, su diploma de ayudante de enfermería, ¿y nosotros mamita? No tenemos nada que ofrecer, ¿más que nuestra ignorancia? ¿Pobreza? No he podido encontrar la palabra adecuada."

Teodora parecía otra chica, lo que le había enseñado la vida era increíble. Ante esa realidad, Mariana no pudo evitar llorar amargamente. Su corazón se le hacía pedazos, recordando la poca atención que tuvieron sus hijos; lo primordial para la niñez los estudios.

Antes de esa conversación, Teodora y Lucio sufrían y obedecían a sus padres sin una queja pero todo tiene un límite. La inocente niña pensó que el matrimonio le brindaría la dicha sonada, al lado del hombre que amaba. David le prometió trabajar por el bienestar de la pareja y los hijos que les envíe el cielo.

Apesadumbrada ante la decisión de la jovencita, Mariana no tuvo alternativa y acepto las relaciones de los muchachos, pero sugirió se dieran un tiempo prudencial como es natural en estos casos y se conocieran un poco más, porque aún eran dos desconocidos.

Daniel y esposa, desde ese día mantuvieron conversaciones casi secretas, buscando la forma de evitar entre ellos formalizar más el compromiso de un par de chiquillos inexpertos que deseaban contraer matrimonio lo más pronto posible. Daniel les prometió que la boda se efectuaría en Rurrenabaque. Porque ellos decidieron adelantarse para preparar a la familia y para que la fiesta sea en presencia de las dos familias prometieron cumplir con su compromiso.

Pero una vez más, el destino hizo lo contrario a los deseos de la pareja. Porque terminarían su viaje en un pueblo que Daniel conoció anteriormente, los hermanos trabajaron buscando oro pues el pueblo es conocido por su riqueza aurífera. El viaje a Rurrenabaque era solo un disimulo que los padres de la chica planearon para separar a los enamorados. Pero inesperadamente, llego David, sorprendiendo a su novia y ambas familias. Daniel ignoraba que su futuro yerno vivía en Guanay y que el muchacho nació en el pueblo que los padres de Teodora eligieron para esconder a su hija y de esa forma evitar la boda de su adorada criatura. David se sorprendió pero lo tomó como una favorable casualidad, pues el matrimonio se realizaría en su pueblo natal Guanay.

Después de las presentaciones de rigor Teodorita se convirtió en la nuera más querida en el hogar de David. Aunque no estaban casados, tampoco vivían juntos. El padre de la chica se mostraba reacio a la boda. Pretextando que eran demasiado jóvenes para formar un hogar. Pues Teodora tenía dieciséis años y David diecinueve.

Ante la insistencia del novio, los esposos Santiesteban urdieron un plan. Los abuelitos de la chiquilla querían que el matrimonio fuera en Rurrenabaque y deseaban verla casada antes de morir. Pero no podían llegar al Guanay, por su edad avanzada para cumplir su sueño. Pero el diablo siempre estaba a la expectativa para meter la cola en los planes del matrimonio y esta vez no quiso quedarse atrás.

Teodora, casualmente escucho la conversación de sus padres e inocentemente le comento a su novio. Este no dijo nada, porque guardaba sus propios planes, muy bien escondidos para usarlos en el momento menos esperado por ambas familias. La robaría a la muchacha para llevársela tan lejos donde nadie los conociera, y así demostraría que es hombre cumplidor de sus compromisos. Trabajaría aunque fuera día y noche y lo haría todo por su Teodo, como desde ahora y para siempre la llamaría. Juró que ningún ser humano la separaría de su lado. El tiempo pasaba lentamente. Nadie sospechaba lo que había en los planes del muchacho. Pasado un tiempo prudencial David cumplió la promesa que le hizo a Dios. Nadie se burlaría de su humildad y pobreza. Los enamorados huyeron sin dejar huella. Las dos familias buscaron desesperadamente a sus seres queridos; arrepentidos por negarles comprensión y ayuda. La búsqueda fue infructuosa. En vano buscaron por ríos, caminos y montes. Nadie sabía nada. La pareja se esfumo como la brisa de Guanay.

Nuevamente Daniel cometió otro error imperdonable, todo en nombre de la obediencia y disciplina. Pensaron que a los muchachos se los trago el agua de los ríos que rodeaban al pueblo. La vida seguía su curso. Y no conforme con lo que ocurría en casa de los Santiesteban, también Lucio hablo con sus padres, desahogando en ellos todas sus rabias y penas que lastimaban su ser. Hombre tierno, buen chiquillo de dieciséis años, hermano gemelo de Teodora, pero más sentimental que ella, y les dijo a sus padres: "Quiero dejar la casa paterna pero deseo irme con la bendición de ustedes. Necesito ir a buscar mejor suerte fuera de casa. Sé que sufriré pero así aprenderé a prepararme para la vida." Y se fue sin rumbo fijo.

Desde ese día, la casa de Mariana era un caos sin Teodorita, ni Lucio. Ella era la única que sabía manejar el hogar y la economía familiar. Lucio, cansado de esperar a su hermanita o que su padre haga conciencia de su situación y retorne aunque sea a la vida de siringuero, también se marchó, llevando un cumulo de vanas esperanzas recogidas desde que salieron de Blanca Flor. A Mariana se le venía el mundo a pedazos. Sentía sumergirse en un pozo negro y profundo. Primero lloro hasta que sus ojos quedaron secos, semejante a un desierto. Luego pidió a su marido hablar sin interrupciones y muy en serio.

Daniel al ver la decisión de su esposa, aunque con un poco de miedo acepto. El creía el tema de que se trataba. Le advirtió primero que no le interrumpa. "Daniel, me voy a morir y quiero que me entierren en Rurrenabaque. Te repito, no quiero ser enterrada aquí, lejos de mi familia. Ya no deseo vivir aquí ni a tu lado." Mariana empezó a temblar, pero no paraba de hablar, repitiendo siempre que deseaba morir donde paso feliz su niñez. Mariana continuo: "Porque tú, con tu cultura, tus estudios, hijo de extranjero ilustrado no aportaste con nada bueno al bienestar del hogar ni a tus hijos. Todo este tiempo buscaste a tus hermanos. ¿Dónde dejaste a tu esposa e hijos? Te pregunto, ¿en qué momento olvidaste tus promesas, esperanzas, ilusiones e ideales? Yo no quiero ni puedo esperar más y no quiero perder a los tres hijos que aún me quedan."

La pobre mujer no imaginaba que aún le esperaba mucho más por sufrir. Después de aquella conversación sus pensamientos se alejaban más de su mente. Primero como si fueran succionados, hasta quitarle el deseo de vivir coherentemente como toda persona normal, luego como si el tiempo se detuviera. Al amanecer de cada día, colocaba su sillón preferido frente al rio y con la mirada perdida miraba correr las aguas, tal vez queriendo encontrar una respuesta en la profundidad del rio. Casi anocheciendo se paraba gritando "Teodorita...Teodora escucha a tu madre y responde mi adorada mamacita. Te necesito y tus hermanitos también." Parecía lucida pero no estaba en sus cabales según los vecinos. A las personas que la saludaban al pasar, les preguntaba "¿los han visto a mis hijos? Los estoy esperando." A otros les decía "estoy rezando por mis hijos que se ahogaron en estas aguas pero van a regresar y yo los seguiré esperando hasta que lleguen; ustedes cuídense, este rio es malo, muy malo."

De la otra Mariana nada quedaba. Ahora parecía un fantasma deambulando por la calle a cualquier hora del día o de la noche. Los vecinos consternados por el sufrimiento de la mujer, advirtieron a Daniel que su descuido era inadmisible. Ellos no permitirían más tiempo que Mariana, compañera de tantos años y madre de sus hijos, careciera de un tratamiento médico.

Daniel nunca fue avergonzado ni herido en su amor propio como ahora. Con la pena reflejada en su alma, tuvo que aceptar la ayuda de sus amigos. Fue más, ellos se comprometieron a proveer los alimentos de todo el grupo, bajo palabra del marido que Mariana fuera asistida por un médico, sea en el Puerto o Riveralta. Los amigos se habían enterado que Daniel con dificultad ganaba para mantener a su familia, porque ahora trabajaba sin ayuda de la esposa ni de los hijos.

El hombre por las noches no conciliaba el sueño, alucinaba hablando solo, preguntándose qué hizo con su vida y de su inocente familia. Él, solo él, los convirtió en parias, presas fáciles de los demás pudientes. Golpeaba con los puños "¿por qué no escuche los sabios consejos de mis padres? Es lógico que pague con lágrimas mi ingratitud, pero no es justo que yo arrastre a mi familia a esa maraña enloquecedora. Fui buen estudiante pero me ilusione con "El Dorado" llevando a mis hermanos tras algo inexistente. Los abandone a su suerte. ¿Qué hice y porque lo hice Señor? Si en casa de mis padres disponíamos de todo. La hacienda era fructífera. Soy un bruto, un pobre imbécil. Acepto avergonzado y no alcanzara el tiempo para arrepentirme de mi estupidez." Ahora, él era el consejero viviente que narraba sus experiencia.

"Muchachos, estudien o trabajen, no busquen aventuras. Vean mi caso, no vale la pena querer lo que tal vez la naturaleza no guarda para nosotros. Obedezcan a sus padres." A Daniel le faltó la voz para seguir torturándose con los consejos que casi ya no le ayudaban mucho, puesto que el tiempo se encargó de dejar huellas en su vida, llena de inútiles aventuras.

Los niños habían dejado de comer, llamaban a sus abuelos llorando hasta quedar dormidos. Daniel se encontraba al borde de una crisis nerviosa, provocada por la impotencia. Teodora y Lucio ignoraban de la situación, seguía perdidos.

Dos vecinos al rescate de la familia en desgracia, acudieron a recoger a la pareja y niños para trasladarlos al Puerto. Esa buena gente se presentó con el "Callapo" listo para zarpar. Ellos eran antiguos navegantes de esos ríos. Ya en Rurrenabaque, el arribo de la familia Santiesteban causo una reacción nunca esperada. María enterada de los hechos le dijo: "mira Daniel, no te dejes coger conmigo, porque con mis propias manos te muelo a golpes. Mira no más como traes a mi hija y a mis nietos. Jamás imagine verla en este estado a mi Mariana y tan descuidados a sus hijitos, pobres angelitos." La abuela tenía al causante de ese daño. El cuadro era desgarrador. Mariana abrazo a su madre, llorando como una niña. Lloro tanto, tanto hasta quedar dormida. Los niños sentían seguridad en casa de los abuelos, a los que con triste mirada imploraban ayuda para su madre.

Daniel, confundido, al borde de la desesperación miraba al cielo, pidiendo a Dios se apiade de él, iluminando su mente para manejar mejor la situación, pero volvía a caer, en un abismo sin fin, ¿prueba o castigo del destino por su desobediencia?

Capítulo 18

Mónica, Miguel y María, hijos de la pareja, hermanos menores de Teodora y Lucio, fueron los más afectados, se enfermaron, ya no estaba su casa que dejaron. Mariana aún no se recuperaba completamente, en fin toda una tragedia. Por suerte desde esa noche empezaron a notarse milagros. Morfeo se compadeció de ellos, extendiendo su milagroso manto. Les envió paz, tranquilidad, sosiego y buenos sueños. Gracias a los cuidados de sus padres, Mariana logro una calma renovada en su espíritu. Era increíble la milagrosa recuperación. Poco a poco fué recobrando el equilibrio de la paz mental que tanto necesitaba. Hablaba de Teodora, sin emocionarse como antes, y aceptaba a David para esposo y así formen pareja con lazos indisolubles y sea buena madre, conductora de su hogar y orgullo de sus padres.

En el Puerto la vida transcurría con lentitud, algunas veces más monótona que de costumbre. Para Daniel no había descanso. Trabajaba en lo que le ofrecían siempre que sea un trabajo honrado. Ya se lo veía en lo alto del techo de una casa en construcción, faenando una res, haciendo balsas o callapos, desyerbando un platanal, sembrando arroz, en fin ahora el hombre quería recuperar el tiempo perdido. Cuando Mariana estuvo lista para trabajar, Daniel encabezo el grupo contratado, para recolectar el bambú material solicitado por su esposa. La señora necesitaba y deseaba trabajar en el único oficio aprendido en su juventud, de esa manera se mantendría ocupada y a la vez ganaría algún dinerito. La calma volvió al hogar de la familia Santiesteban, llevando con ella la alegría de sus pequeños; pero ambos evitaban hablar de los hijos ausentes.

El mundo es pequeño y más aún en lugares donde todos se conocen. Daniel recibió una sorpresa que lo dejo contento. Fue para él como un milagro escuchar parte de una conversación que paralizo sus movimientos. Enmudeció de asombro, Daniel no atinó mas que ha agradecer al cielo, porque un presentimiento le decía que al fin se terminarían sus tormentosas pesadillas.

Donato, el administrador de los gomales, hombre rudo, siempre mal humorado estaba parado a su lado como esperando el perdón de Daniel por el drástico comportamiento en el pasado, aunque cambio de actitud al cultivar la amistad con la pareja. Ahora Donato parecía otra persona. Se había transformado en una persona compresiva, educada, cariñosa con los niños y respetuosa con la pareja, aunque eran viejos amigos. Donato seguía soltero, algunas veces triste, pensativo, ya que la tristeza se convirtió en su inseparable compañera. Con la mirada ausente, solo él sabía lo que pasaba por su mente de hombre solitario. El encuentro con Daniel llego a él como un milagro.

Después de un alegre y efusivo abrazo, conversaron unos minutos recordando hazañas y anécdotas ocurridas en el Gomal. Para sentirse más cómodo, Daniel lo invito a su casa. Cuando Mariana vio a su viejo amigo, fue como si encontrara a un hermano perdido. Hay que recordar que el hombre era como su mano derecha. En las Barracas trasladando la mercancía a los pueblos fronterizos buscando mejores mercados. Así, poco a poco se convirtió en el mejor vendedor y socio de

Mariana. Para celebrar el encuentro lo invitaron a cenar. Pasada la comida, Daniel llevo la conversación a tiempos pasados, recuerdos; la escuela, alumnos y el trabajo. Mariana esbozando una sonrisa de satisfacción, dijo: "me gustaría volver a trabajar, pero el material ¿quién podría surtir?" A una voz los hombres respondieron, "Nosotros nos encargaríamos en su totalidad." Mariana dijo: "Aclaremos bien las cosas, yo sería la socia mayoritaria. Ustedes estarían bajo mis órdenes. ¿Qué les parece?" aceptaron bajo palabra de hombre. Ellos se responsabilizarían del material. De esa fecha adelante le correspondería a Mariana trabajar a tiempo completo. Si fuera necesario, sus trabajadores lo harán por más tiempo. Daniel y Donato eran los encargados de trasladar la mercadería a la frontera, Donato aseguraba que sería un negocio seguro, que con el tiempo podrían hacerlo en mayor escala.

Ambas partes cumplieron su compromiso. Pasaron algunos meses. Los dos hombres embarcaban una gran cantidad de sombreros y otras cosas hacia Brasil. Mariana se quedó rezando pidiendo a Dios que les vaya bien en las ventas. Ella no tenía dinero y para comenzar el actual consiguió prestado de sus padres. Los comerciantes buscaron mejores mercados para incrementar sus ventas. Como un premio a los esforzados vendedores, lograron con creces obtener buenas ganancias. La socia mayoritaria volvió a la vida, a ser útil a la sociedad.

Los hijos de la pareja ya estaban jóvenes y con alegría de ver a su madre que pudo superar la enfermedad que la sumió en las sombras. Ellos deseaban trasladarse a la ciudad, con ideas de proseguir sus estudios. Los socios no descuidaban sus compromisos. El acumulado de la materia primaria era abundante.

Casi al cumplir cuatro años de trabajo constante, Daniel recibió una carta de Teodora. La misiva llegó al destinatario con seis meses de retraso. El hombre temblaba antes de rasgar el sobre. Pensando el contenido de la misiva, ante todo en su esposa, revivió el sufrimiento y la enfermedad, a causa de la ausencia de su hija se imaginó todo lo malo, menos en la alegría de su hija antes de entrar en detalles. David y su esposa, suplicaron perdón por haberlos abandonados de esa manera. Perdón y más perdón por la locura de juventud, que fue mala consejera con ellos. Luego les daba las buenas noticias de ser padres de dos hermosos niños, un varoncito y una nena, a los que les enseñaron a querer a sus abuelos.

David y Teodora fijaron su residencia a mucha distancia de Rurrenabaque. Les invitaban visitar su casa, conocer a sus nietos, cuando quieran hacerlo y ojala fuera pronto. Es más, tendrían la oportunidad de encontrarse con tío Gervasio que también vive en la región. "Les mandamos un mapa para que se guíen, les explicamos lo que deberán hacer. Cerca de Naygua seguirán el rio Colmenares, subiendo este, hasta llegar al Retamal. Allá encontraran nuestra casa, esperándolos como siempre, con el mismo amor."

Mariana toda calmada, no respondió a su esposo. Esa actitud demostraba que ya estaba curada. Luego comento: "Cuando dispongamos de alguna vacación." No hubo reacción ni emoción en la madre de los hijos ausentes, por los que casi enloqueció cuando los perdió.

Los dos hombres ponían al máximo su empeño. Hasta que llegó el momento aprendido en los negocios pequeños. Ahora deberán llegar al mercado cruceño, con un cargamento variado, todo manufacturado por Mariana. Abrir nuevas fuentes de trabajo que incrementen su capital aunque Santa Cruz quedaba demasiado lejos para los hombres, no conocían la ciudad ni la ruta que los lleve al lugar de sus sueños. Aunque el esfuerzo y las dificultades serían mayores, el mercado cruceño sería ideal para los comerciantes, aunque resultaba demasiado lejos y de difícil acceso para los vendedores. Pero el deseo de expandir las ventas les inyectaba más energías para continuar trabajando.

Después de seis meses de ardua labor, nuevamente partieron del Puerto, con idea firme y fija para llegar a la ciudad de sus esperanzas. No tenían ni la más remota idea de llegar a su destino llevando una gran cantidad de mercadería surtida de delicado trabajo y fino acabado.

A Daniel y Donato les tomo dos meses y medio el viaje de ida y retorno a Rurrenabaque. Cuando llegaron al Puerto casi se desmayan al ver una cantidad considerable de materia prima. La sorpresa no pasó inadvertida para Mariana. Ella los tranquilizo, recordándoles las vacaciones ofrecidas por Teodora. La señora estaba consciente del excesivo trabajo de su esposo y Donato. Las ventas les fueron de maravilla. Valía la pena pasar por tantas penurias, teniendo en cuenta que ellos no conocían las costumbres de una ciudad. Pero en casa se darían la gran vida, libres de preocupaciones, sin deudas, con dinero asegurado y más reconocido como miembro familiar. Los hijos le llamaban tío y era digno tío de los muchachos y hermano mayor de los Montenegro, por decisión y cariño de la pareja.

Para Mariana había llegado el momento de premiar a Daniel y Donato usando las vacaciones ofrecidas por Teodora. Para que los hombres descansen mejor, sugirió contratar gente preparada para el manejo de las balsas. Todo listo emprendieron la partida, Donato como invitado de honor, que para la familia se convirtió en un miembro muy querido e inseparable hermano, y como tío de los chicos lo mejor. Estos ya estaban jóvenes. Miguel sirviendo a la patria, en un cuartel de Riveralta. Las hijas en edad casadera pero aun no querían dar ese paso, por acompañar a sus padres. Los balseros, a la salida del pueblo les Bautizaron a los viajeros, con el nombre de turistas. Tal vez por la situación económica. En el pueblo, los Santiesteban eran conocidos como personas adineradas, cosa que a la familia no molestaba, al contrario aumentaba su auto estima.

Capítulo 19

Después de veinte días de viaje, les anunciaron que llagaban al Rio Colmenares. Ahí terminarían las comodidades para todos, más para Mariana que ya empezaba a sentir el peso de los años sobre sus cansados hombros. Arribando cuatro días más, estarían en el Retamal.

El sorpresivo encuentro con su hija y familia fue emocionante, pero faltaba el carisma maternal. La madre de Teodorita tenía un ángel que protegía del llanto y el dolor a la mujer. Nadie conocía ese algo que la naturaleza le regalo. Mariana perdono a su hija, sin lágrimas ni reproches. Era notorio el cambio de actitud. Tal vez su corazón de madre le indicaba lo mejor para no recaer en el pasado, al ver la situación en que vivía su hija y nietos, aunque así eran felices.

Al día siguiente bien temprano, Daniel acompañado por Donato inspeccionaron los alrededores de la inmensa propiedad, terrenos dotados de agua propia, apta para la agricultura, madera fina que con el tiempo se podía instalar una empresa maderera, tierras vírgenes, ricas en oro, también peces de carne sabrosa. La pareja había construido una especie de granjas de aves de corral y otra para credos, pero tropezaron con la escasez de mercados en la región, era el primer obstáculo para progresar.

Pasaron unas vacaciones inolvidables. Mariana retenía en su mente todo lo bonito que le enseñaba la naturaleza, montes diferentes a los de su tierra, cerros coronados de un verde Esmeralda que a la distancia semejaba al azul cielo terminado en un rio o riachuelo. Los inmensos sembradíos parecían un imán para los visitantes con el aroma a flores frescas. Nada del lugar satisfacía la atención de la suegra de David. Le dolía el alma saber que su hija paso de un pueblo en progreso a un monte peor que los lugares que recorrió en su niñez. La madre lloraba a solas y se preguntaba "¿Por qué Señor? De un floreciente pueblo, ¿esta chica eligió un destierro?" Esta vez su pena no la compartía ni con su esposo.

A los diez días la familia Santiesteban se encontraba en Chalboya, casa de Gervasio, hermano de Daniel. Los visitantes disfrutaban de la compañía familiar y grandes ofertas de ayuda, pensando retenerlos en el lugar y formar su vivienda definitiva. Pero Mariana se negó rotundamente a la oferta, aduciendo que no le encontraba al lugar ningún atractivo y menos al trabajo de su hija Teodora. En la región la vida era muy solitaria y llena de necesidades.

Aunque David trabajaba como un desesperado para mejorar las cosas, más que todo económicas, con tantas penas juntas. Mariana trataba de pasar una estadía alegre en casa de Gervasio que hacia derroche de atenciones para alegrar a su hermano y familia.

Nadie percibía el caos que crecía día tras día en la mente de la madre, cuanto retornaron al Retamal. Lo hacía para aliviar a su hija de tremenda responsabilidad diaria. La abuela deseaba llevarlos a sus nietos al Puerto, Carla de cinco años y José Luis de dos. Teodora era buena madre y se opuso a la idea de su mama. Los niños eran su vida; para el futuro de ellos trabajaban desesperadamente. El Retamal se encontraba cerca de la

Capital, y ellos deseaban lo mejor para los chicos. La familia retorno al Puerto, tristes, mudos, cabizbajos, ni Donato con sus anécdotas pudo distraerlos de sus penas, que mirando correr las aguas decía: "Pobres padres...pobres padres." Mirando al cielo, prometieron a las estrellas que desde ese día no se hable más de Teodorita, porque Mariana se moriría, lo intuía Daniel.

Instalados en la casa de Rurrenabaque, la pareja volvió a la rutina, nuevamente a trabajar, aunque ahora lo hacían con calma, cuidando la salud de Mariana y tratando de olvidar la decepción que les causo conocer el Retamal. Los padres de Mariana no comentaban nada pero intuían la pena de la pareja y a Daniel lo castigaba su conciencia, por su descuido.

Continuaron trabajando porque necesitaban dinero. Tenían la obligación de sufragar el gasto de dos bodas, primero Mónica y Gerardo, luego Miguel y Sara. Cada boda en diferente fecha. Aunque los muchachos deseaban ellos mismos costear cada uno su boda. De todas formas para los padres era una obligación y un gasto inesperado.

El matrimonio de Mónica fue un sueño para las muchachas benianas. El novio, un elegante oficial del ejército que reunía las expectativas de la familia política, por cualidades que adornaban a su persona. Daniel se sentía más que satisfecho con la elección de su hija. Mónica cumplía el sueño secreto de su padre, casarse con un hombre profesional y de la ciudad. De aquel feliz acontecimiento pasaron tres meses y llego el feliz día de la boda de Miguel, que se casaba con una bella muchacha del lugar. Según dijo el chico, deseaba una compañera que posea las costumbres de una beniana; Sara fue la elegida de su corazón. Las dos parejas vivían felices. Ahora estaban Daniel, Mariana, Maricela y Donato inseparable amigo de la pareja. La niña era preocupación de sus padres. Ellos ya estaban cansados y enfermos con tantas desdichas soportadas con valentía y esperanza, pensando en un mejor futuro familiar. Ahora la vida de la pareja estaba consagrada a sus hijos. Se veían cambios en el pueblo, los habitantes y viajeros la transformaron en un puerto de intercambio comercial muy importante en la región, la Goma, cueros de caimán, de tigre y otros.

En poco tiempo, el Puerto de Rurrenabaque, para alegría de los pobladores era la clave de entrada a Riveralta. Lástima que ya era tarde para Daniel y Donato. Ellos no podrían participar ni disfrutar del progreso del Rurrenabaque moderno. La edad no les permitía. Pero les quedaba algunas actividades de importancia.

Mariana continuaba al frente de la factoría, aunque con lentitud, sabia dirigir lo que Dios y la abuela Asunta, señora Roció Núñez del Prado, pusieron en sus manos. Del Retamal y Chalboya, llevaron dos nietos adoptivos, Oliver y Romeo que hacían las delicias de su ama, disipando las muchas tristezas que la atormentaba. Por las tardes, cuando la nostalgia la invadía, con sus dos cachorritos, se sentaba a la orilla del río, mirando correr las aguas y sus pensamientos. Abrazada de sus perritos, su mente retrocedía a Blanca Flor. Perdida en la selva creía haber sido feliz, al lado de sus hijos, brindando su modesto conocimiento y amor a sus semejantes. Hasta entonces ella no conocía nada que perturbara sus buenas intenciones.

Una tarde casi oscureciendo, con la mirada impenetrable al borde del llanto escucho una voz conocida que la saco de su mundo casi dormido. Lentamente volcó la cara y se vio en brazos de su hijo Lucio. Primero la sorpresa la dejo muda, sin poder repetir el nombre de su amado hijo, los minutos le parecieron eternos. La pobre madre no esperaba tamaña sorpresa. En primera instancia pensó en una aparición milagrosa. Lucio convertido en todo un corpulento hombre la levanto en vilo como si se tratara de una muñeca de porcelana. "¡Mamita, mamita soy tu hijo Lucio, mamita!" La mujer brincaba, lloraba de alegría abrazada de su hijo y sus dos cachorritos, compañeritos inseparables de la nostalgia de Mariana que decía, "vamos, vamos a casa papito."

En la casa el muchacho les relato la odisea pasada en su joven vida. Con sus padres vivía tranquilo y comía tres veces al día. Fuera del hogar la vida es dura para los que no tienen la suerte de trabajar. Nadie se compadece de uno ni te ayudan, más cuando te ven chiquillo, solo, provinciano y sin dinero. "Lo que les cuento no es para aumentarles la tristeza" decía Lucio, "sino para que se den cuenta lo que tiene que pasar un forastero para adaptarse y superarse. Mi trabajo fue de seis de la mañana a seis de la tarde y de ocho a diez de la noche estudiaba. Pero eso no me afecto en ningún momento. Al contrario aprendí a valorarlos a ustedes. Ahora no le temo a la vida, es más agradezco al destino por enseñarme a ser un hombre responsable, respetado en el pueblo y persona de bien. Inclusive me casé, tengo familia y una casa grande, cómoda, suficiente para vivir todos juntos con tío Donato y tus cachorritos mamacita. Allá Maricela continuara sus estudios. Mariela tiene un negocio, le va bien, si tú quisieras instalar otra tienda con novedades de tu creación; así vistosos, matizados nada envidiable al importado. Te aseguramos mama, que los pedidos de las madres modernas no te darían abasto. Sería un orgullo para nosotros que una Benianita se convirtiera en mujer de negocios y en la ciudad de La Paz. Porque papá dice que en cada partida envías novedades y te aseguras un gran futuro."

La madre escuchaba atentamente la tentadora oferta, pero cuando Lucio hablo de la época invernal ya no le gusto, aunque no conocía el granizo ni la nevada. En fin Mariana ni Daniel conocían la inclemencia del invierno. Solamente al escuchar la palabra "frio" se estremeció y borro de su mente el encanto y atractivo de la ciudad y sus comodidades.

Con tristeza casi en un ruego agradeció a su hijo su generosidad. A su edad no le parecía conveniente cambiar de vivienda, costumbres, dejando atrás tantos años de sacrificio y esperanza para volver a empezar: "A nuestros años, anhelamos tener algo propio para nuestra vejez. Mudarnos ahora sería una locura imperdonable."

Capítulo 20

La boda de Maricela y Edgar fue sencilla. Aunque los contrayentes disponían de fuertes cantidades de dinero, ellos eran muy sensatos y realistas. Ambiciosos como todo matrimonio joven, su ambición no era enfermiza pero querían superarse, igual a los demás. El muchacho tenía conocimientos de contabilidad, dinero ahorrado y una propiedad. Abrir un puerto de entrada a Rurrenabaque y hacer la travesía a Riveralta y Brasil con oficinas propias y embarcaciones nuevas, amplias y cómodas.

En cuanto el pueblo se enteró del propósito de la pareja, llovieron felicitaciones, buenos augurios y hasta ofertas de más dinero. Los ganaderos, las autoridades y adinerados del pueblo ofrecían ayuda incondicional a los muchachos siempre que estos chicos sepan lo que están haciendo y cumplan su compromiso con el pueblo. Mariana sentía ser la mujer más feliz del mundo. Para ella era la gloria que sus hijos sean un ejemplo de pareja en su pueblo natal. La madre aseguraba que sus muchachos cumplirían su compromiso ya que ellos querían demostrar que una pareja joven puede trabajar por su pueblo.

Desde que Mariana llego a Chalboya, casa Gervasio, vió en casa de uno de los trabajadores a dos cachorritos, mal cuidados y pero alimentados. Bonitos e indefensos los pobrecitos, era un cuadro que conmovía el estado lamentable de los perritos. Mariana hizo sus propias averiguaciones, al respecto. Aquí va de lo que pudo enterarse. Unos viajeros casuales olvidaron a su perrita Layla, abandonada a su suerte. Desde ese día el animalito hacia todo lo posible para agradar a sus nuevos dueños y a la vez agradecer la protección recibida. Una mañana, amaneció con tres crías, que por lastima no las echaron al rio para que se ahogaran. Los hijos de Gervasio y Daniel, jugando los bautizaron con los nombres de Oliver, Romeo y Xena. Delicadita, pequeñita, flaquita y enfermiza. La madre cuidaba de Xena con más dedicación.

Layla era buena madre. Los perritos aprendieron a comer, pero no la de casa, que no había para ellos. Ese no era problema para mama Layla. Ella cazaba conejos, palomas hasta pajaritos pero alimentaba a sus cachorros. Una noche salió a buscar comida para sus chiquitos, como a la media hora, se escuchó un disparo de escopeta. Que mala suerte, mataron a Layla, confundiéndola con un venado. Cuando el cazador corrió a recoger su presa, casi se desmaya del susto, por error había matado a la madre de los cachorritos. Cargo a la perrita, llego a casa, para tratar de resucitarla, pero ya era tarde. El disparo fue tan certero y mortal.

Los cachorros pasaban hambre, frio y falta de cariño. Menos mal que Mariana apareció y al escuchar esta historia de una perra, que supo ser buena madre, adopto a los cachorros, menos a Xena que ya había muerto, seguro de tristeza. Mariana pensaba y pensaba en la suerte pues hasta los perros tienen que cumplir su destino.

Daniel, Mariana y Donato trabajaban sin descanso, la señora deseaba terminar la materia prima para luego preparar la mudanza, pero nadie sabía a dónde se trasladarían. En ese ínterin un conocido de la zona viajaba a la ciudad de La Paz. Aprovechando la ocasión, Mariana envió una carta a su hijo Lucio, en la que le agradecía por la cariñosa oferta y su gran deseo de tenerlos en la ciudad, en la carta le aseguraba no poder acostumbrarse a la vida de la capital. Además sabía por sus abuelos que sufrieron mucho a causa de los prejuicios citadinos. La gente camba era despreciada por los Collas. Ella como madre no aceptaban ningún menosprecio a su familia, por leve que fuera. Después de meditar mucho, había decidido mudarse a Riveralta. Allá la gente era franca, sencilla y sin remilgos.

Después de tantas vicisitudes, la salud de la pareja descendió en picada. Se los veía cansados, lentos. La juventud y fortaleza de los Santiesteban quedaría solamente en el recuerdo, que poco a poco pasara al olvido como es natural en la vida. Aunque ellos bromeaban asegurando que la soledad era portadora de la vejez prematura, la prueba estaba a la vista. ¿Acaso no lo demostraba Mariana, cuidando a sus mascotas como si fueran sus hijos? Pues ya era la vejez. Pasó algún tiempo trabajando día y noche para ahorrar más dinero para la mudanza. Los padres les aconsejaban pensar bien en los movimientos que deseaban hacer, a ellos les dolería mucho que tengan otro retraso o fracaso como los anteriores. La hija respondía que ella ya estaba acostumbrada al desafío y sonreía con resignación.

Empezaron a empacar cajas de cartón, madera, bolsas, bultos de toda clase se veían diseminados por todo lado, listos para embarcar. Los vecinos ignoraban el nuevo destino de la pareja. En ninguna parte faltan personas que son envidiosas o malos amigos. Unos decían "¿de qué estarán huyendo no?" otros, "de su fracaso, claro pues por vergüenza." Días antes de la partida, Mariana confió a Donato y a su esposo adonde se dirigían. Aunque Daniel esta vez se enojó en serio, la mujer se le planto a frente y le dijo, "desde ahora yo decido la vida de los dos. Vayan conmigo si lo desean, de lo contrario lo hago sola." Al ver la firmeza de su esposa, el marido tuvo que ceder y de mil amores de lo contrario le esperaba la soledad.

Donato fue el encargado de contratar gente para conducir las cosas hasta la orilla del rio. Todo ordenado en el Batelón, incluido el material llevaban una gran cantidad de abanicos para damas de la sociedad de Riveralta y otros diferentes para avivar el fuego. La cantidad de mercadería era asombrosa.

Los tres viajeros sentados en un lugar de preferencia, mirando a los familiares amigos y personas que llegaron hasta el rio para despedirlos. Mariana viajaba con el dolor más grande de su vida pero sonreía. Los hijos y amigos de verdad observaban con pena la partida de personas tan importantes, ejemplares y queridas por el pueblo. Para Mariana era doloroso dejar el lugar donde nació y creció pero consideraba necesario su retiro. Aunque le apenaba dejar a su familia, ella necesitaba asegurar un futuro para su vejez.

Cuando el Batelón se alejó a muchas millas del pueblo, Romeo y Oliver se colocaron a los pies de su ama y la miraban como queriendo decirle, no tengas pena, sabemos cómo es ser huérfano, nosotros te cuidaremos y te acompañaremos siempre. Cuando Lucio recibió la carta de su madre se estremeció de emoción. El primer momento pensó que su mama aceptaba compartir la casa con él, su nuera y nietos, pero al leerla no pudo creer y volvió a hacerlo una y otra vez. Se sentía frustrado, avergonzado, por la negativa de la señora. El muchacho adoraba a sus padres, pero la decisión de ella no le daba alternativa, más que aceptar aunque con desilusión.

Lucio quería sacarlos de la rustica casa, pero Mariana recordaba que los Collas hablaban mal de las Cambas y no las aceptaban en la ciudad. Después de pensar toda una noche, aunque con pena, opto por tomar otro rumbo. Ese fue el motivo que los llevo a fijar su vivienda en Riveralta y allí mejorar su situación si todavía era posible. Tal vez, a su muchacho no le gustaba la pobre casa que habitaban sus padres y esa fuera la razón para que dejaran Rurrenabaque delante de Mariana.

Que los Collas odiaban a las Cambas seria tal vez que alguno de ellos se formó un concepto equivocado de la mujer beniana. Esas crueles palabras permanecían en el corazón y mente de Mariana. Pero Lucio no se dió por vencido y tratando de cristalizar una idea que creía fabulosa para sus sufridos y envejecidos padres, se apresuró a compartir un secreto guardado durante años, advirtiéndole que lo mantuviera en reserva, hasta su regreso, porque pensaba viajar a Sorata. Allí trataría de recuperar, comprándolo si pudiera el terreno que pertenecía a sus abuelos. Aunque fuera pequeño pero quería darle esa satisfacción a su padre. Deseaba que su viejito regresara al lugar de su infancia, que ahora recién valoraba la felicidad y el amor paternal, al que nunca debió renunciar. ¡Qué pena! La experiencia siempre llega tarde, dejando amargos recuerdos plasmando un sello en el alma. Ahora Lucio estaba dispuesto a pagar cualquier precio, aunque fuera una parcela de terreno de la hacienda que perteneció a sus abuelos Alejandro Victoria, rogando al cielo para que Dios les de la tranquilidad que sus hijos no supieron hacerlo.

Capítulo 21

Después de una informal conversación con un ocasional amigo, Lucio se enteró que después de la muerte de sus abuelos, los picaros se adueñaron de todo lo que dejó la pareja. Ahora las tierras que fueron las mejores en la región, están en ruinas. El hijo de Daniel se tomó el trabajo de recorrer la hacienda, vió con mucha tristeza que esta debió ser muy próspera en su tiempo.

Con el optimismo que lo caracterizaba se dió a la tarea de buscar información de sus antepasados. Un anciano, con mucha tristeza le dijo que los Santiesteban y los Rosales fueron personas muy solventes, trabajadoras, sinceras con un corazón de oro. Pero la vida les dio tres rufianes que no vale la pena hablar de ellos. Esos bandidos tuvieron todo lo que querían. Ellos no supieron corresponder ni con su compañía. El anciano se enfureció. Trató de todo a los tres hermanos desagradecidos. Ojala nunca pasen soledad como sus padres, porque Alejandro y Victoria murieron de tristeza y soledad, llamando a sus hijos, hasta que callaron sus voces en el lecho de su muerte.

Los ancianos se sentían defraudados, hasta con los suyos. Las ancianas les deseaban mala suerte, que nunca tengan paz ni bienes materiales. Sus padres los criaron en cuna de oro ¿Y cómo pagaron los desvelos de los viejitos? ¿Se creían inteligentes o dueños del mundo? Fueron unos necios los tres. Mientras ocurría todo este drama, los tres viajeros llegaron a Riveralta. Mariana se sentía indispuesta por el balaceo de la embarcación y se quedaba en el alojamiento, acompañada de Oliver y Romeo, que no la descuidaban un minuto. El cariño era mutuo ya que ella adoraba a sus mascotas, precisamente porque eran fieles y agradecidos. Cuando su ama lloraba le lamian las manos. Romeo le bailaba haciendo sus piruetas pues era pequeño, ágil de fino pelaje y delicado como una niña. En cambio Oliver era fuerte, robusto, serio, perspicaz como todo un policía cuidaba a su ama y a su hermanito.

Daniel y Donato consiguieron una vivienda adecuada para instalar un taller grande y continuar con las actividades que Mariana pensaba conservar por algún tiempo más. Para Mariana fijar su residencia en Riveralta fue lo más acertado que pudo pensar. Allí fue tan feliz como nunca en su vida, las vecinas de los alrededores ayudaron a la instalación del nuevo hogar. Lo hacían con mucho gusto y alegría. Ellas se encargaron personalmente de moldear la greda arcilla color cobre que después de procesada es durísima y resistente. Esa arcilla se usaba para hacer fogones y hornos caseros, tan indispensables en esos lugares.

Las amigas de Mariana siempre cariñosas y obsequiosas de su tiempo libre, le enseñaban los lugares importantes y personas prominentes de la ciudad. El grupo de mujeres que ayudaba y enseñaba a la vez las artes de la nueva vecina, por las tardes se dedicaban a enseñarle los lugares y personas importantes de la ciudad. Por ejemplo, presentarla al señor cura, a los médicos, personal de escuelas, al comandante de la policía, servicio municipal en fin todo lo que creía útil a sus aspiraciones. Mariana se sentía feliz y orgullosa por su labor, pero a su corazón de madre le faltaba algo que aún no pudo descubrir. Pero como guiada por un mandato divino, decidió visitar el campo y a los niños más necesitados del sector olvidado, y comprobó que allí era más urgente su ayuda. Desde entonces los niños la adoraban por su bondad y amor a los menesterosos, que la esperaban para curar a sus enfermos.

Llegó el día que Mariana desde niña ambicionara, trabajando poco a poco con esfuerzo, valentía, sin ambiciones de lucro, peldaño a peldaño, se colocó en la cúspide de sus aspiraciones. Con el grupo de señoras logro formar una casa hogar para los más necesitados del campo, niños y personas mayores que no pudieran trabajar en el agro.

El bautizo de la casa hogar fue sencillo pero con la concurrencia de altos personeros de la ciudad. La madrina fue la forastera que sintió la necesidad de la gente pobre y enferma. La señora con mucho gusto le puso el nombre de "Los Ángeles." Hubo discursos de agradecimientos y compromisos de los comerciantes cuales donarían tela o sea material para confeccionar prendas de vestir. Otros almacenes donaron alimentos. El mismo día tuvieron la suerte de equiparla con enseres de casa, muebles y medicinas. Recibieron ofertas de consultas gratuitas. En fin Dios bendijo el Hogar los Ángeles.

A Mariana se le veía tan feliz que no le cavia el corazón en el pecho. Daniel y Donato no descuidaban sus obligaciones. El trabajo era arduo, hasta altas horas de la noche, ahora que las ventas dejaban excelentes dividendos. Pero ya se notaba el cansancio por el paso de los años los hombres no rendían como antes. Hasta los perritos celosos guardianes de sus amos, también empezaban a envejecer. Pero ni aun así se separaban de su ama. El matrimonio Santiesteban estaba aislado de su familia. Maricela los visitaba unas dos veces al año. La distancia para la joven señora era un impedimento y más para los cansados padres.

Para Mariana el excesivo trabajo terminó con su fortaleza. Se puso achacosa, la edad pesaba sobre sus hombros desgastados por los años y los altibajos en su salud afectaron seriamente su frágil resistencia que se negaba a soportar los embates de la naturaleza. Después de tres meses de medicación continua, falleció a consecuencia de un paro cardiaco, dejando a su esposo en una tremenda soledad y desesperación, pozo profundo y negro del que jamás lograría salir.

La señora presintió su final, preparó a las mujeres para que continúen la senda que ella dejaba. Con esa seguridad, después del deber cumplido, volaría al cielo a juntarse con la estrella que Dios había destinado para ella.

Capítulo 22

Pasado un mes de tan irreparable pérdida, los del campo seguían visitando la tumba de su protectora. Los niños le llevaban ramos de flores silvestres, para que su amiga y Hada Madrina se alegre y los recuerde con el cariño de siempre. Cuentan que el sepelio fué desgarrador, tras de la comitiva, caminaban los perritos, todo descompuestos. Oliver ayudaba a Romeo. Hay que recordar que Romeo era un perrito muy delicadito, en cambio Oliver era fuerte, robusto pero ágil. Parecía un policía, con la mirada vigilante. El tomo la responsabilidad de cuidar su hermanito y proteger a su ama hasta con su vida. Sepultada Mariana, ellos tomaron su lugar a cada lado de la tumba de su ama. De allí nadie los pudo separar, la gente, el sol, la luna, la lluvia, el hambre, ni la sed. Para ellos era indiferente. Velaron quince días aquel santo lugar. Un día aparecieron muertos sobre la tumba de Mariana Montenegro-Santiesteban. Prefirieron morir antes que abandonar a su ama.

Para Daniel y Donato el mundo se les vino encima. Era inconcebible lo que les ocurría. Pero eso no era todo. Al hogar de Daniel llegaron las penas como cuentas de un rosario. El mismo año, falleció Donato, amigo, socio, hermano, incansable e irremplazable. Donato, que fue en otro tiempo administrador de los Siringueros, en las barracas de Blanca Flor. Hombre fuerte, rudo temido en la barracas, pero ahora convertido en el más fiel, administrador y consejero de sus amigos Daniel, Mariana, los perritos, Oliver y Romeo, los cuales enfermaron y murieron de pena y soledad cuidando la tumba de su querida ama.

Por falta de comunicación, Maricela ignoraba lo que ocurría con sus queridos padres. Después de seis meses de los inauditos sucesos, llegó a Riveralta buscando a sus padres y llevarlos a Rurrenabaque. A la hija casi le dió un sincope cardiaco al ver a su papa, convertido en un despojo humano, abrazando su guitarra y en su delirio llamaba a Oliver y Romeo. Maricela jamás se imaginó encontrarse con su papa, casi al borde de la locura. Lo único que se le ocurrió fue correr a la Iglesia a buscar un sacerdote y llevarlo ante su padre.

Lo encontraron arrodillado hablándole a Victoria: "Perdón, perdón mamita, ya no puedo más. Te abandone, privándote de tus hijos. Perdón madre. He pagado y sigo pagando lo malo que fuí. Creí en una quimera, en algo que no existe. Mil veces me arrepentí creyendo en la existencia del "¡Dorado!" Papa, nos engañaron a los dos, y yo a mis hermanos. ¡Padre! Pesa en mi alma el haberlos dejado. Las lágrimas que vierto las tengo bien merecidas. Yo no tenía ningún derecho a portarme como lo hice. Amigos que me escuchan, yo no fui como ahora me ven. Les hablo con sinceridad del alma. No confíen en dineros fáciles de obtener. Lo bueno y bendecido por Dios es duradero y placentero, para el que lo gana con sacrificio y trabajo. Miren y recuerden mi ejemplo. Estoy convertido en un ser sin voluntad y lo más triste es que he arrastrado a este abismo a mis hermanos que disponían de todo lo necesario en la casa paterna. Toda esta desgracia se lo debo al "Dorado." Mis hermanos se niegan a retornar a casa por vergüenza al fracaso sufrido. Dios no les permita a mis hermanos verme así, se morirían de la pena."

Se dio cuenta que su hija, el sacerdote y algunos amigos lo observaban a prudente distancia. Se arrodillo ante el sacerdote implorando perdón. Maricela y su padre, en un abrazo nunca visto, llorando hasta quedar con los ojos en secos, casi dormidos. Los vecinos, compadecidos del dolor de sus amigos, los recogieron para recostarlos en lo que quedaba de un catre y un sofá. En aquella casa todo era desorden, como se necesitaba las manos de una mujer, por lo menos de Donato, su fiel amigo, hermano y confidente. Daniel no debía permanecer más tiempo en medio de aquellos recuerdos, tan dolorosos que le quemaban el corazón como un hierro caliente. Maricela paso muchas horas en el panteón, hablando con su madre y pidiendo a los perritos cuiden de su mama y ama, como lo hicieron en vida. Luego empaco algunos recuerdos, entre ellos diplomas, certificados, nombramientos de agradecimientos por el trabajo realizado en Riveralta.

El Batelón hacia escala en ese puerto. Embarco con su padre, mucha tristeza, dolor y miles de preguntas sin respuestas. Se sentía más frustrada y derrotada que su padre y repetía: "Pobre hombre, no tuvo suerte en la vida." Mientras ocurría toda esta odisea, Daniel abrazado de su guitarra, la mirada y la mente ausente, preguntaba a su hija, "donde está tu mama y los cachorritos." Tampoco veía a Donato. Pasando por Blanca Flor, Daniel reconoció el lugar y pidió lo dejaran ahí. Se tranquilizó cuando Maricela le dijo que María lo esperaba en el puerto.

Daniel castigado por la vida, caminaba como una sombra por las calles de Rurrenabaque. Los achaques de la vejez y posiblemente su conciencia, no le permitían a su alma descanso, sosiego y paz. Cuanta falta le hacían su esposa e hijos, inclusive Donato. Necesitaba la unión familiar que en su momento no supo mantener ni apreciar. Ahora ya era tarde para reconstruir moldeando ese cristal que un día dejó ir de sus manos. ¡Qué pena! No supo aprovechar lo que el destino puso exclusivamente para él. Ahora Daniel, en lo sucesivo tendrá que conformarse y aceptar lo que la suerte le depare: bonitos recuerdos de épocas felices y tristezas, soledad, fruto de su equivocación.

Está completamente sano, los médicos aseguraron. Aunque su corazón está un poquito delicado, con una vida tranquila tendrá para mucho tiempo, pero de ahí en adelante nadie puede predecir lo que ocurría.

Como presintiendo que estuviera llegando su fín, Daniel trataba de aprovechar el tiempo, algunas veces sus amigos lo veían caminar por la playa, siempre con la mirada perdida. Parecía conversar con algún ser querido. Otras veces en la orilla del rio, cantaba con devoción. También se reunía con sus amigos como cuando era joven. Se notaba un sufrimiento grande aunque él lo negaba, pero dejaba traslucir.

En todas sus canciones anunciaba despedidas. Su guitarra lloraba junto con él, Cacharpayas, Huyñitos, Bailecitos y Caluyos, unos en Aymara, otros en español. Su círculo de amigos se había reducido tremendamente. Pasaba que ya no disponía de dinero y a él le afectaba la situación. Fingía no tomar en cuenta, pero le dolía la ingratitud. El tiempo es inexorable, Daniel había envejecido tremendamente, anhelaba reunirse con su esposa Mariana, sus cachorritos Oliver y Romeo, a los que amaba como si fueran sus nietos porque ellos fueron fieles hasta la muerte, haciendo lo que él nunca pudo, velar la tumba de Mariana.

Dios se apiadó de él. Una mañana de sol radiante, lo encontraron muerto en su cuarto. Sus funerales fueron sencillos como su vida, olvidado de sus amigos adinerados, y rodeado de la gente pobre y sencilla, que no vacilaron en acompañarlo, hasta su última morada, dándole un adiós salido del corazón. Pasaron muchísimos años, caminando con dificultad, dos señoras se acercaron al sitio llamado Cementerio, que de campo Santo tenía poco. Aquellas dos damas buscaban una tumba o por lo menos indicios de ella pero no la pudieron encontrar. Un fuego en años anteriores convirtió en cenizas todas las cruces. Desde entonces nadie se preocupó de sus seres queridos.

Daniel quedo ahí, olvidado, pero vivirá en el corazón de sus amigos, que realmente conocían sus sentimientos, frustraciones, errores y lo peor de todo, desobediencia e ingratitud. Pero la gente de los gomales bendecirá su nombre. Los niños de esa época, y ancianos agradecerán por brindarles la luz del saber, que se convirtió en la mejor arma para defender los derechos de los Siringueros y sus familiares. Gracias a Daniel y Mariana, Blanca Flor se convirtió en un hermoso caserío, con farmacia y una escuela del gobierno, muy bien equipada. Daniel se marchó silencioso, como la noche que cubrió su cuerpo, pidiendo perdón a sus padres y hermanos.

PAZ EN LA TUMBA

DE

DANIEL SANTIESTEBAN